广雅

聚焦文化普及，传递人文新知

广 大 而 精 微

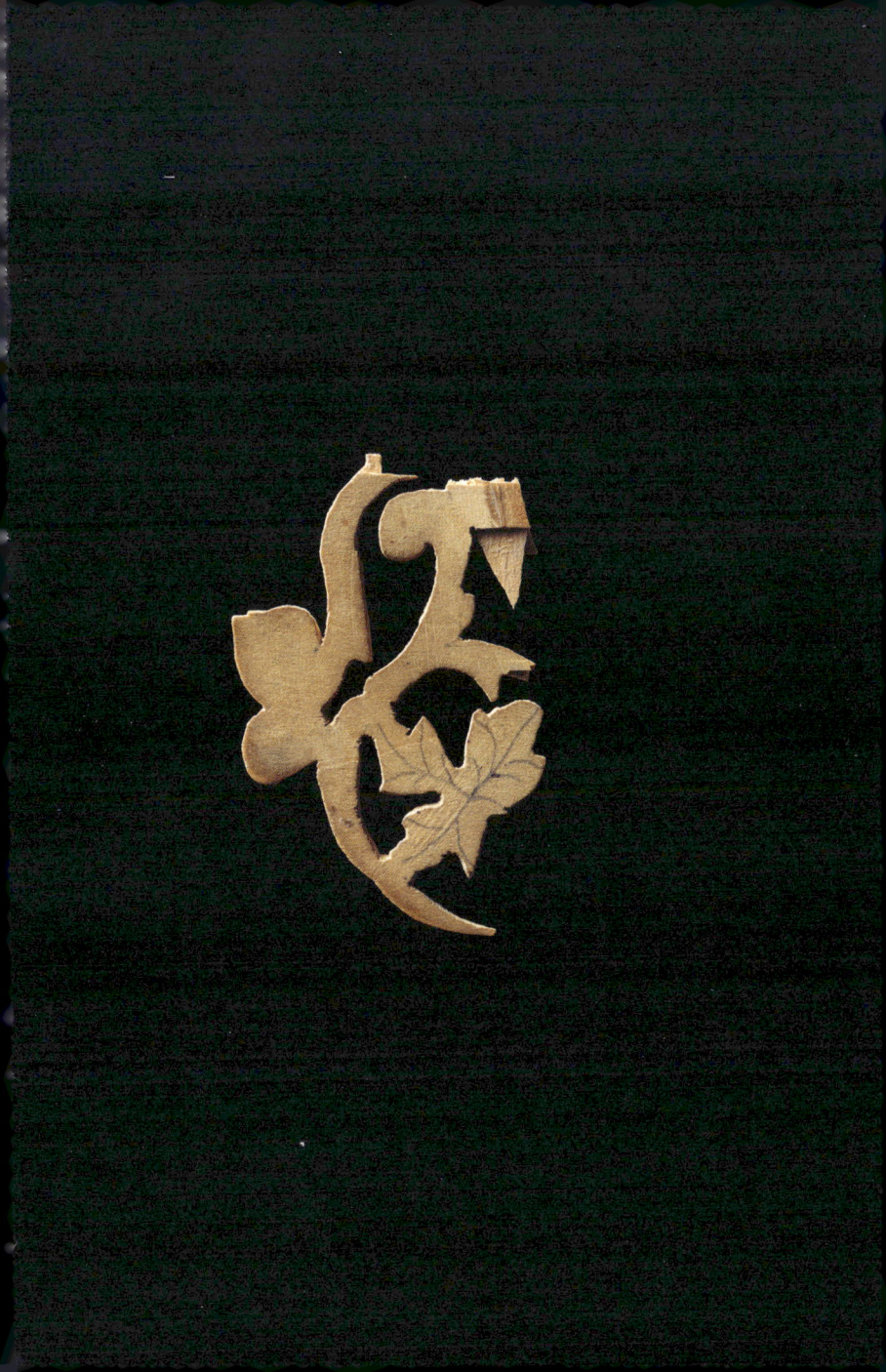

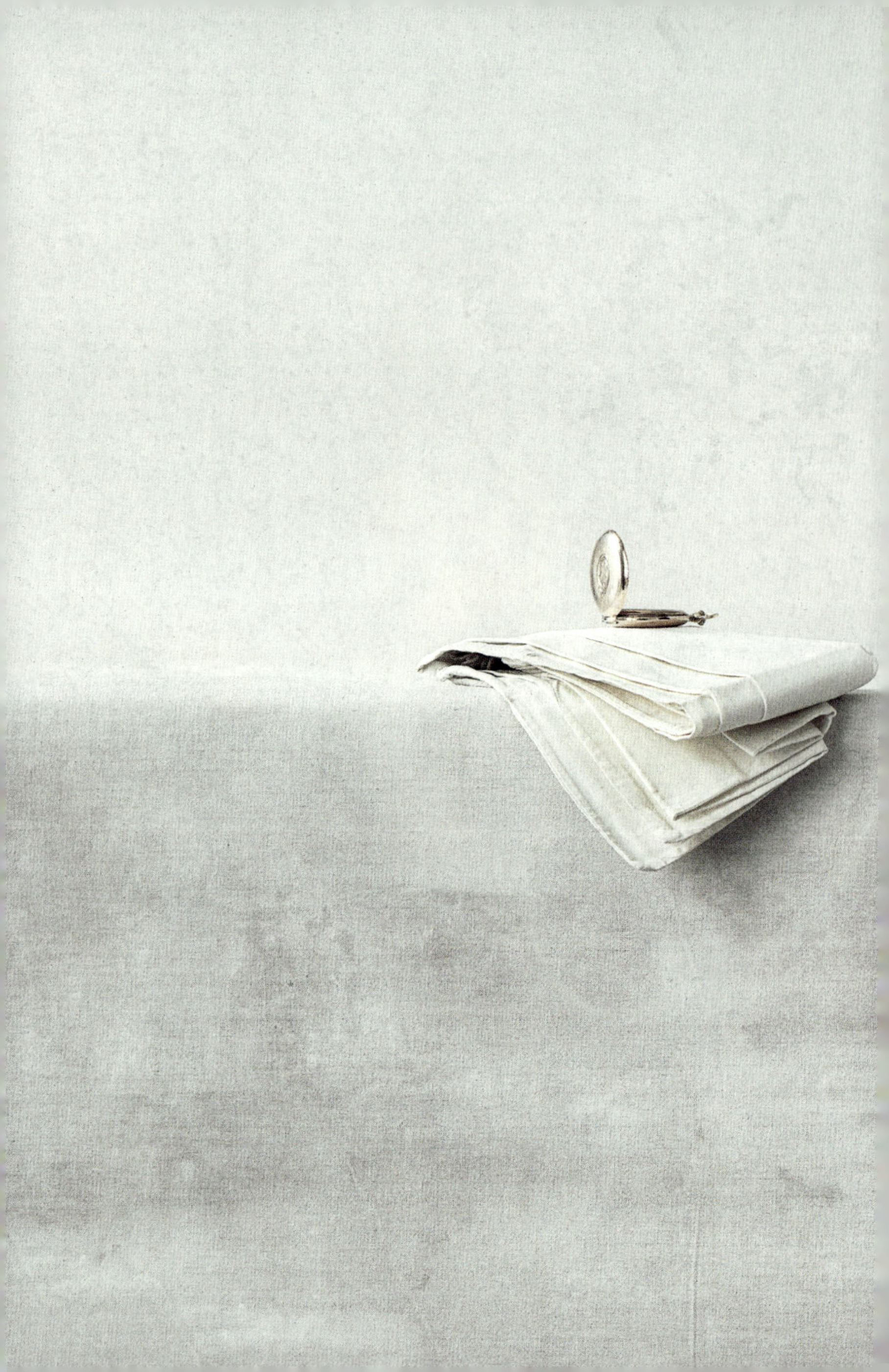

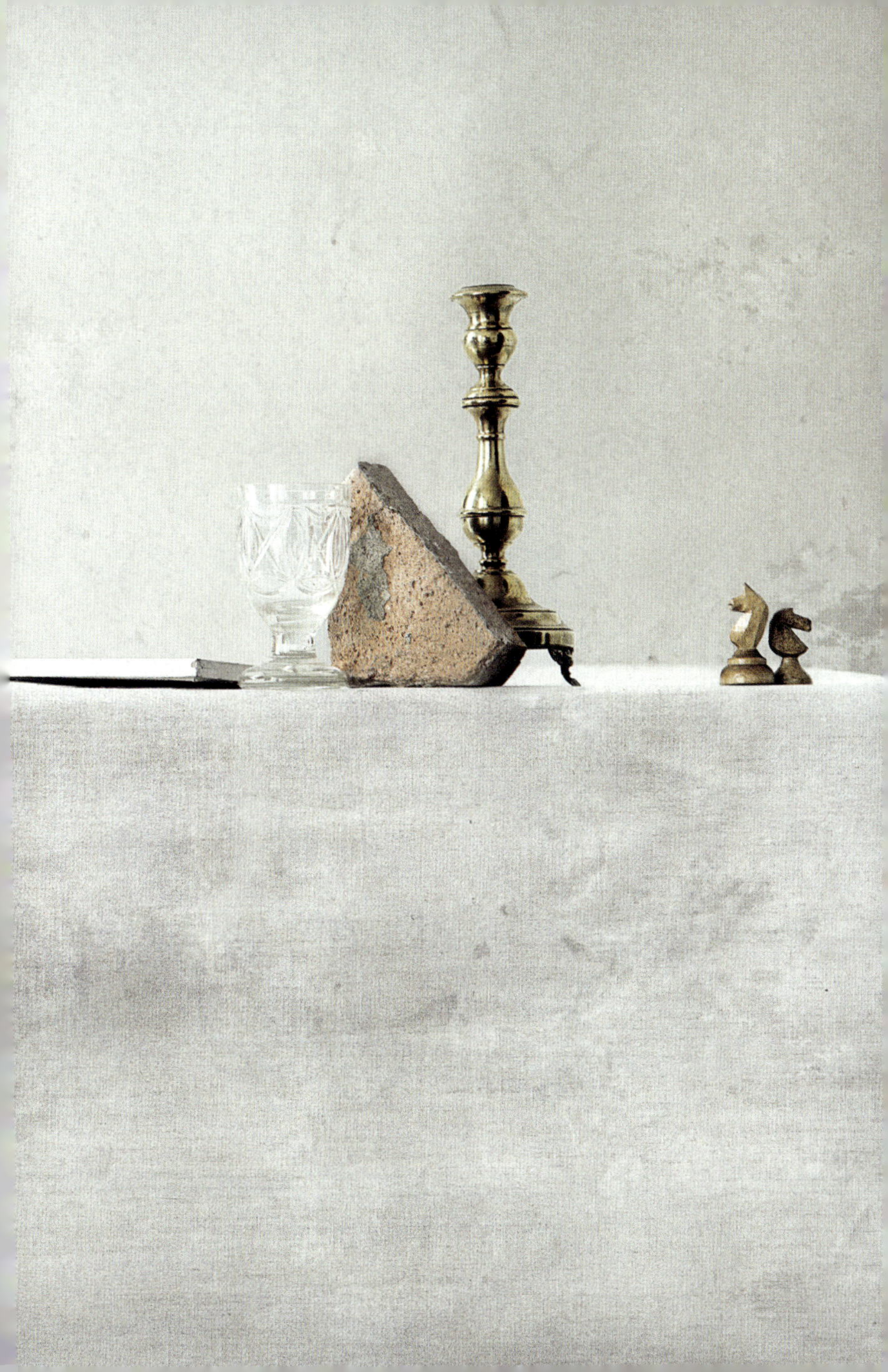

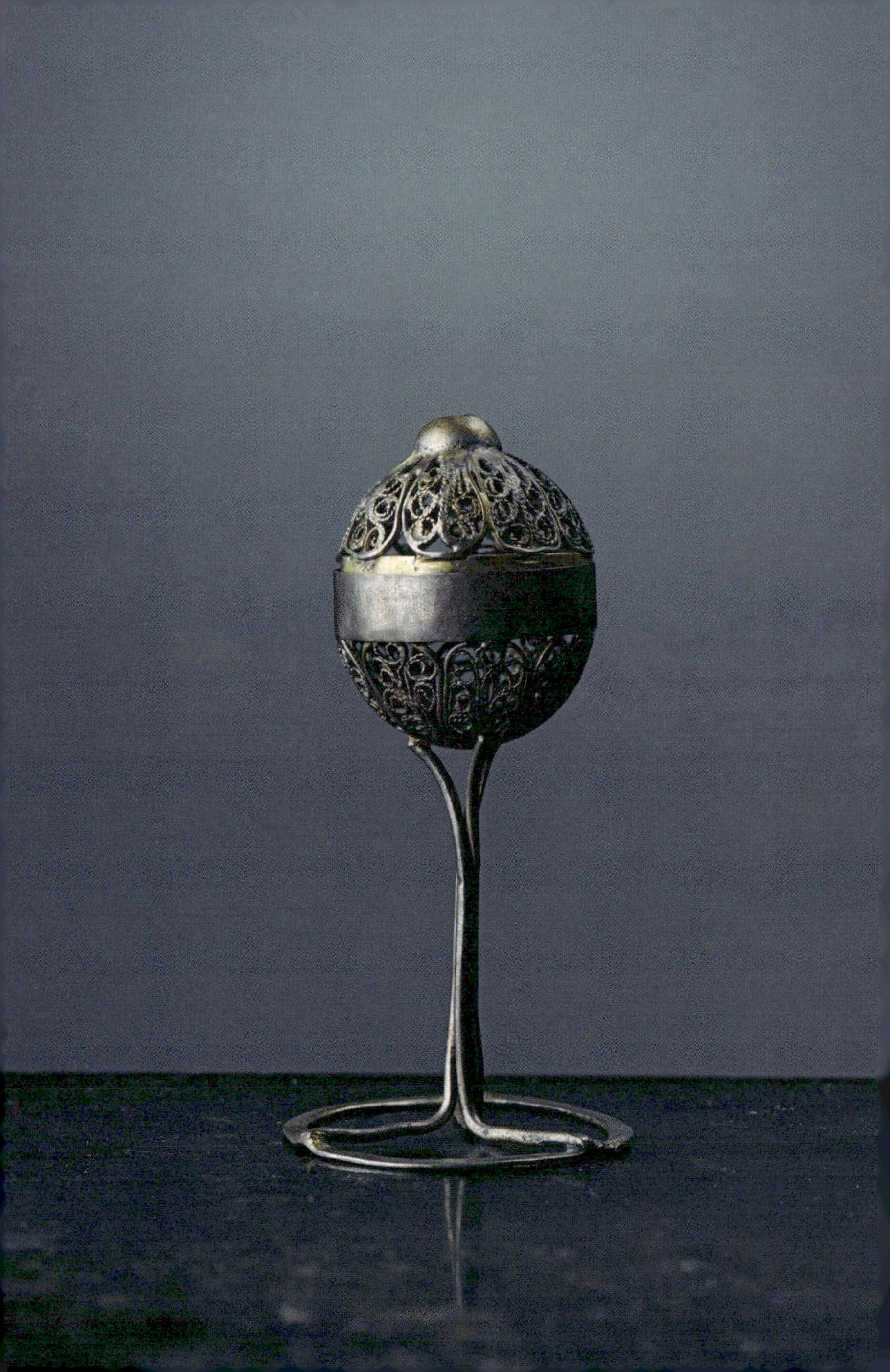

来不及说完的故事

[瑞典]迪娜·拉杰斯
[瑞典]约万·拉杰斯 ◎著

卢建 白丽 ◎译

Through
Objects
Our
Memories
Live
On

纳粹大屠杀
幸存者生命纪实

广西师范大学出版社
·桂林·

来不及说完的故事
LAIBUJI SHUOWAN DE GUSHI

Text © Dina Rajs & Jovan Rajs 2020
Photos © Roland Persson
Original title: Ting som bär våra minnen
First published by Bonnier Fakta, Stockholm, Sweden
Published in the Simplified Chinese language by arrangement with The Grayhawk Agency Ltd.
著作权合同登记号桂图登字：20-2022-223 号

图书在版编目（CIP）数据

来不及说完的故事：纳粹大屠杀幸存者生命纪实 /（瑞典）迪娜·拉杰斯，（瑞典）约万·拉杰斯著；卢建，白丽译. --桂林：广西师范大学出版社，2022.12
ISBN 978-7-5598-5512-1

Ⅰ. ①来… Ⅱ. ①迪… ②约… ③卢… ④白… Ⅲ. ①回忆录－瑞典－现代 Ⅳ. ①I532.65

中国版本图书馆 CIP 数据核字（2022）第 192366 号

广西师范大学出版社出版发行
（广西桂林市五里店路 9 号　邮政编码：541004）
（网址：http://www.bbtpress.com）
出版人：黄轩庄
全国新华书店经销
广西广大印务有限责任公司印刷
（桂林市临桂区秧塘工业园西城大道北侧广西师范大学出版社集团有限公司创意产业园内　邮政编码：541199）
开本：787 mm × 1 092 mm　1/32
印张：6.125　　字数：100 千
2022 年 12 月第 1 版　　2022 年 12 月第 1 次印刷
定价：58.00 元

如发现印装质量问题，影响阅读，请与出版社发行部门联系调换。

谨将此书献给

所有

被迫放弃家园、背井离乡的人

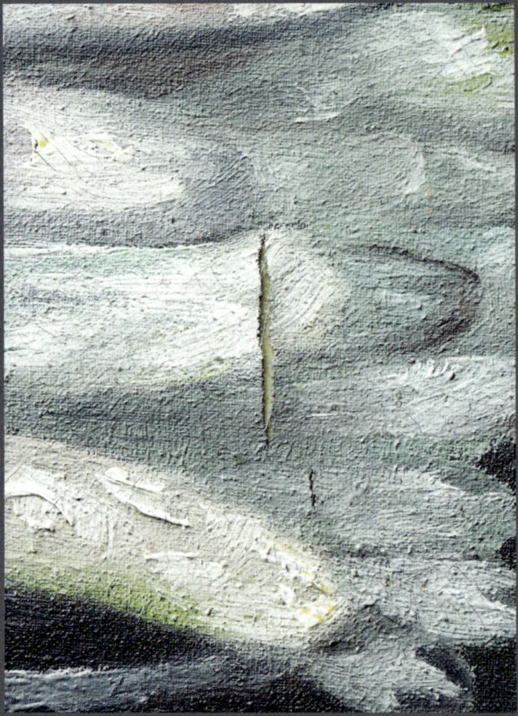

作者寄语

旧物中的永恒记忆

迪娜和约万·拉杰斯（下文称"我们"）生于20世纪30年代南斯拉夫的两个犹太家庭。在上天的眷顾下，我们躲过了大屠杀，甚至还在各自的领域学有所成：迪娜醉心于建筑学，而约万则攻读医学。一经获准，我们便步入了婚姻的殿堂，随后有了两个可爱的女儿。1968年，我们搬到了瑞典，之后便一直在那里生活和工作。

退休以来，我们不但撰写自传，还常常以各自在二战期间的童年经历为主题进行演讲。我们的足迹遍及学校、图书馆、教堂和社区中心，向那里的人们讲述有关大屠杀的历史。随着时间的推移，我们发现我们所传达的信息越来越重要，因为时代带给人们的是巨大的、全球性的改变，或者说变革。每次演讲结束后，我们都会请观众提问，从中获取的灵感促使我们构思出更多的作品。

在这本书中，我们向读者讲述了若干我们保存至今的物件背后的故事，正是这些物件让我们童年的记忆得以存续至今。这对于揭开大屠杀的历史，不失为一种新的、不同寻常的探索方式。书中对不同的物件都进行了生动的描写。首先是德国人侵占家园时我们匆忙打包带走的一些东西，包括若干照片、一枚订婚戒指、一张写有某人地址的便条（此人原本可以对落难亲属施以援手，不过显然，他没能帮忙）。接着是我们设法隐藏的一些东西，包括几幅刺绣品、一个枕套和一本食谱。接下来的叙事重点则转向我们苦寻多年才觅回或是别人归还的物品，如一个烛台、一只酒杯和一个显微镜。甚至劳尔·瓦伦堡的那本口袋日记也令我们深深怀念——这本日记之所以珍贵，是因为瓦伦堡在日记中写下了与迪娜祖父会面以及与小迪娜相遇的故事。

书里写的这些物件看似微不足道，但是它们对我们思考、感知和享受生活的方式却有着深刻的影响。看着这些物件，我们仿佛又回到了那些曾让我们感到欢乐的地方。

不仅如此，这些小物什还给了我们身份认同感以及充沛的力量。

在过去那段灰色岁月里，我们活在满心焦虑和连天战火中，饱受颠沛流离以及种族歧视的折磨。正因如此，我们分享大屠杀时期的经历便有了特殊的意义；正因如此，即便过去充满了血泪，我们依然下定决心告诉世人。

谨以此书献给所有与故土分离之人。

希望通过阅读此书，读者能够更好地审视过去和未来。

献上我们最诚挚的祝愿。

迪娜和约万·拉杰斯
2020年于斯德哥尔摩

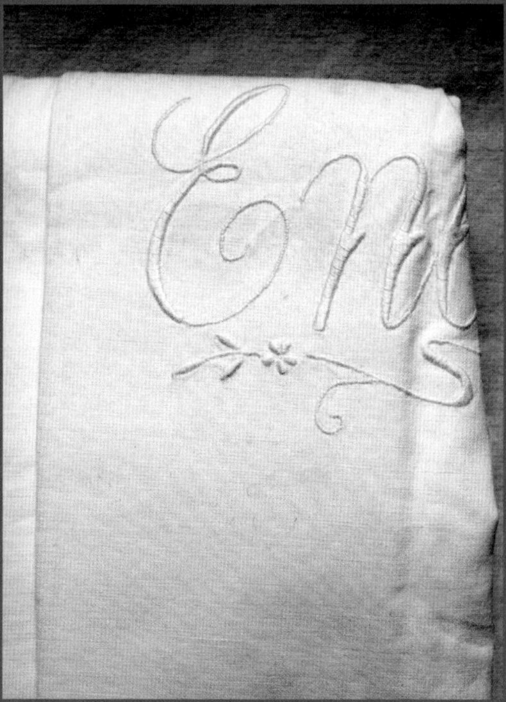

目录

1	**序言**
001	一张纸条
011	蜜月照
019	父母的照片
027	制服口袋里的照片
031	订婚戒指
039	国际象棋
049	手镜

055	蛋糕烤模
063	安息日烛台
067	手链
073	食谱
083	丝绸桌布
089	地砖
093	水彩画
097	刺绣品
109	枕套
113	怀表

119 静物画

125 显微镜

131 逾越节晚宴的餐桌用品

137 烛台

143 吸墨纸

151 袖珍日记本

163 **后记**

169 **致谢**

171 **参考文献**

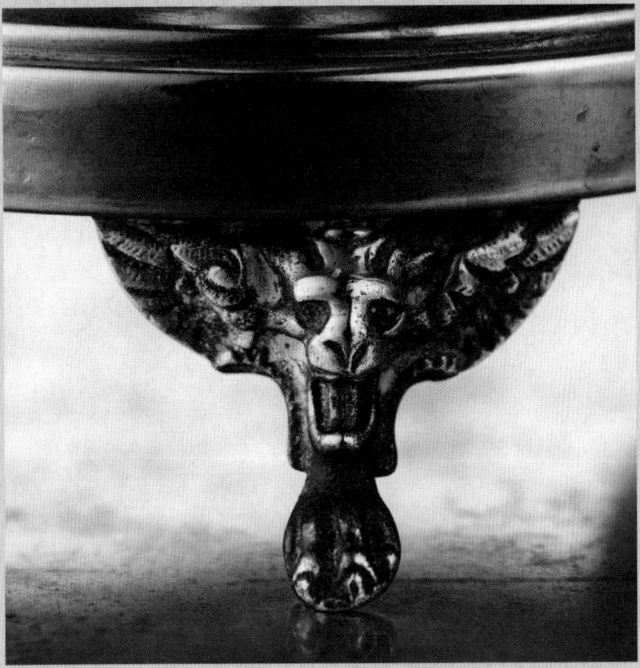

序言

我们被迫远离家乡,茫然四顾,不知该去向何处。未来会怎么样?我们要离开我们的城市、我们的朋友、我们的生活习惯和风俗传统多久呢?我们必须告别我们的家园,抛弃我们现在所拥有的一切,包括买来的、被馈赠的,甚至传承下来的所有东西吗?

我们会不会离开太久?我们一定很快就会回来吧?他们伤害不了我们。

我们必须迅速收拾行李,锁上前门,尽快上路。匆忙中，我们只携带了一些必需品：几张照片，几件可以挽救我们于贫困的贵重物品。其他重要物品全都藏了起来，畜棚里、箱子里……还有一些藏在地下的暗格里，除了我们，没有人能找到它们。

　　善良的邻居和朋友们，在我们回家之前，你们能帮忙照看我们的瓷器、我们最喜欢的画和书吗？只需要一小段时间，真的不会太久。

我们确实回来了，可已经是四年后。

　　迪娜，也就是我，那时才七岁，和母亲从匈牙利回来。1941年纳粹德国占领南斯拉夫时，我们逃到了那里。后来，我的父亲也活着回来了，但他和母亲都不愿继续生活在我们的家乡——小镇鲁马，因为那里的一切都会让他们想起曾经被杀害的亲友。

我叫约万,那时只有十二岁,从藏匿处辗转至贫民窟和集中营后,终于回到家乡彼得罗夫格勒。我的父母、哥哥和家族中的大部分人都已被杀害,好在我被姨妈和她的丈夫 —— 一个塞尔维亚人收养了。

我们的房子已被陌生人占据,曾经带走的大部分东西也都弄丢了。幸运的是,在接下来的岁月里,那些被我们藏起来或留给别人保管的物品陆续出现,且都被保存得完好无损。

这些物件唤醒了我们的记忆,并始终影响着我们的思绪、感受和生活方式,时常勾起我们心中那充满爱与温暖的回忆,也给了我们一种力量和认同感。

现在,我们想借由这本书,掀开这些老物件背后尘封的记忆,把这些故事讲给你听。

「迪娜和约万」

Krajnik Ivan
Dr Zakučnać
Knez Mihajlova 17
II sprat

◎ 一张纸条

「约万」

第二次世界大战之前,我和父母及哥哥住在当时南斯拉夫巴纳特省首府彼得罗夫格勒市(今兹雷尼亚宁市)的泽麦·约维努大街36号。外祖父母与我们同住一条街。记得我特别爱吃外祖母做的蛋糕,听外祖父讲童话故事、唱军歌。我们的很多亲戚也住在这个城市,但大部分时间,我们都和母亲最小的妹妹茹西、她的丈夫布拉卡以及他们的孩子（我的表弟米尔科和表妹塞卡）一起度过。

外祖母的妹妹伊尔玛姨婆和她的家人也住在我们家附近，就在贡杜里奇大街。记忆中，她的橱柜里总是摆着一排深红色、水润光泽的苹果，每当我们这群孩子去拜访她时，她总会拿苹果给我们吃。她还会挑出一些苹果，烤出世界上最美味的苹果馅饼。我和伊尔玛姨婆的生日是同一天——7月25日，每逢这一天她都会烤制一个大大的核桃蛋糕。她有一个女儿叫安琪，长得非常漂亮，有一年还被选为"彼得罗夫格勒小姐"。

1941年4月6日，我才八岁，南斯拉夫突然遭到纳粹德国及其盟友的袭击，不久就四分五裂了。首都贝尔格莱德和彼得罗夫格勒被德国占领。5月初，彼得罗夫格勒的犹太人被迫离开家园，住进国防军军营（今兹雷尼亚宁市农校所在地），这里也因此成了集中营。到了8月，我们又被迫转移到贝尔格莱德。

犹太男人们被安置在军营里，被迫清理被炸毁的城市的废墟。9月或10月，他们要被敞篷卡车运往乡下"工作"——这是德国人告诉他们的。到了那天，他们互相簇拥着，手里拿着铁锹和铲子，一边走一边高兴地向亲人挥手。我的父亲、祖父、两个叔叔以及我的外祖父和两个舅舅也在其中。我和母亲、外祖母、茹西姨妈及哥哥久里察,站在环形交叉路口的信号灯旁,用力挥着手回应他们。那是1941年10月11日。

12月,所有的犹太妇女和儿童被带到贝尔格莱德的一个展厅。德国人告诉他们,等到1942年初春就会把他们转移到一个集中营,与男人们团聚。

而事实上,早在向我们挥手离开的当天,所有的犹太男人都已在贝尔格莱德以南的森林中被枪决了。大屠杀是由德国国防军组织的。而那些妇女和儿童在从展厅出发的路上就被毒气毒死了——他们乘坐的是特制的"Saurer"牌运输巴士,其中有我的母亲、我的哥哥、我的外祖母、伊尔玛姨婆,以及我的姑姑、姨妈们和她们的孩子。

母亲在被带走之前,曾拜托过茹西姨妈及其丈夫布拉卡收留我。因为布拉卡姨父是一名信奉基督教的塞尔维亚人,根据纳粹的种族法,他的犹太妻子和孩子仅被视为半犹太人,因此得以幸免于难。这年秋天,茹西姨妈一家带着我从彼得罗夫格勒搬到了贝尔格莱德。当时法律明令禁止塞尔维亚人藏匿犹太人,被发现者与其藏匿的犹太人会被一起枪决。因为收留了我,布拉卡姨父一家承受着巨大的风险。

大概一年之后,茹西姨妈和布拉卡姨父再也不敢把我藏在家里了。1942年10月,布拉卡姨父带着九岁的我前往被匈牙利人占领的森塔小镇,伊尔玛姨婆的漂亮女儿安琪和她的丈夫米基就住在那里。那里对犹太人来说似乎更安全。临行前,茹西姨妈交代我:

"约万,把伊尔玛姨婆的护照照片和这个交给安琪阿姨。"她匆忙中塞给我一张小纸条,"这个人收了伊尔玛姨婆的钱,答应帮她从贝尔格莱德逃到森塔。这是他的姓名和地址。他并没有如约去接伊尔玛姨婆,不过我们应该让安琪阿姨知道,她的母亲曾经试图来找她。"

一到森塔,我就把茹西姨妈给我的物品交给了安琪阿姨。她看了看伊尔玛姨婆的护照照片,什么也没说。我告诉她,伊尔玛姨婆的照片是在她被带进展厅之前几周拍的。安琪阿姨可能已经知道,或者听到过传言,在贝尔格莱德的几乎所有犹太人,包括男人、妇女和儿童,都已经被杀害了,但当时的我还完全不知情。她只留下了她母亲的照片,安静地把纸条又还给了我。她可能不想告诉这个九岁的孩子——纸条上的信息已经无关紧要了。

纸条上是伊尔玛姨婆用蓝色墨水写下的漂亮字迹：

伊万·克拉伊尼克·扎基纳尔博士

米哈伊洛大公街17号2单元

我把纸条放回口袋里。

后来，外祖母最小的妹妹萝丝的儿子乘坐火车来到森塔，把我带到他们居住的匈牙利塞格德市。和他们住在一起，我很快就学会了匈牙利语——因为小时候和外祖父母交流时学过一些——然后就开始在塞格德市上犹太小学了。

然而好景不长，1944年初夏，塞格德市包括我在内的所有犹太人都被带到这座城市新建的犹太人区，然后通过维也纳郊外的斯特拉斯霍夫中转营，被送到奥地利哈格市的一个砖厂做苦工。之后，我们在卑尔根-贝尔森集中营度过了整个冬天。在德军向各个阵地运送德国士兵和军事装备时，我们与其他犹太集中营的囚犯一起被当作活盾牌使用，直至在特雷津集中营被苏联红军解放。那是1945年

5月8日,战争的最后一天。

1945年10月一个温和的秋日,十二岁的我独自回到森塔。我穿着久里察哥哥穿旧的深蓝色夹克和短裤,那是布拉卡姨父1943年从贝尔格莱德带到塞格德的,也是我仅有的衣服。一同带回的,还有一个褪色的旅行小背包,那是布拉卡姨父在1941年1月6日——塞尔维亚东正教的平安夜送给我的。

在整个战争期间,茹西姨妈交给我的那张纸条一直陪伴我左右。现在回到森塔,我还是想把它交给安琪阿姨。她也是最近才从奥斯维辛集中营回来,而她的丈夫已在那里被杀害了。

安琪阿姨是森塔为数不多幸存下来的犹太人之一,如今的她脸色苍白,身形消瘦,一头杂乱的短发,左前臂上奥斯维辛集中营的刺青格外醒目。这一次,她仍然不肯收下写有伊万·克拉伊尼克姓名和地址的纸条,也不愿对此多说半句。

后来回到彼得罗夫格勒,我又试图把纸条还给茹西姨妈。她一眼就认出了它,但同样表示不想收下,可能是出于和安琪阿姨一样的原因。茹西姨妈和安琪阿姨遭受了巨大的心灵创伤,她们都知道伊万·克拉伊尼克收了钱,答应把伊尔玛姨婆带到安全的地方,却没有履行承诺。

1958年,我和迪娜结婚了。我们在贝尔格莱德市生活了十年后,于1968年搬到瑞典的林雪平市,辗转在三个不同的地方度过了六年。之后,我们又搬了四次家,先是索尔纳市的一套公寓,然后是丹德吕德市不同地方的两栋别墅,直到十四年前搬到斯德哥尔摩市南岛的一套四居室公寓——在这里可以欣赏到美丽的湖景——我们才总算安定了下来。

如今,七十八年过去了,我仍然保留着伊尔玛姨婆写下的那张纸条。它大约三厘米宽,七厘米长,相当厚实,纸张很干净,也很平滑。我从来没有按纸条上的地址,去米哈伊洛大公街17号2单元找过谁,即便要到那条街,只需穿过贝尔格莱德市中心——迪娜和我曾经常散步的地方。

我不清楚自己为什么要留下这张纸条,也不知道应该把它放在哪里。这些年来,我从没刻意将它保存,但它总在不经意间出现在不同的地方,背包、盒子、箱子、小册子或文件夹里。当我注意到它时，常常会再一次读一读上面的内容，但也不是每次都读。

这么多年过去了，我竟然一直保留着这张小纸条，没有把它弄丢，也没有直接扔掉。这是为什么呢？恐怕连我自己也说不清楚。或许在潜意识里，我觉得如果自己真把它弄丢了或者扔掉了，那就代表我根本不在乎曾经出现在我生命中的伊尔玛姨婆，也意味着我忘记了或者试图忘记她在大屠杀中丧生这一事实。

或许也可以找到另一种解释。20世纪80年代时，我曾修过一门犹太教课程——一门我从未真正掌握的学科。那时，我从犹太教律法专家莫顿·纳罗口中得知，伟大的犹太学者摩西·本·迈蒙——也被称为迈蒙尼德（出生于西班牙的犹太哲学家、科学家及神学家），生活在11世纪和12世纪之交的科尔多瓦和开罗——曾提到过一个常识：对于犹太人来说，如果纸张上带有上帝的名字或者《摩西五经》《塔木德经》和犹太教《圣经》中的教义内容，是不可以随意扔掉或毁坏的。难道我在不知不觉中把这张纸条看作载有《圣经》中教义的圣物了？或许吧，而它也通过这种方式，在我的血液里传递着犹太教的教义。

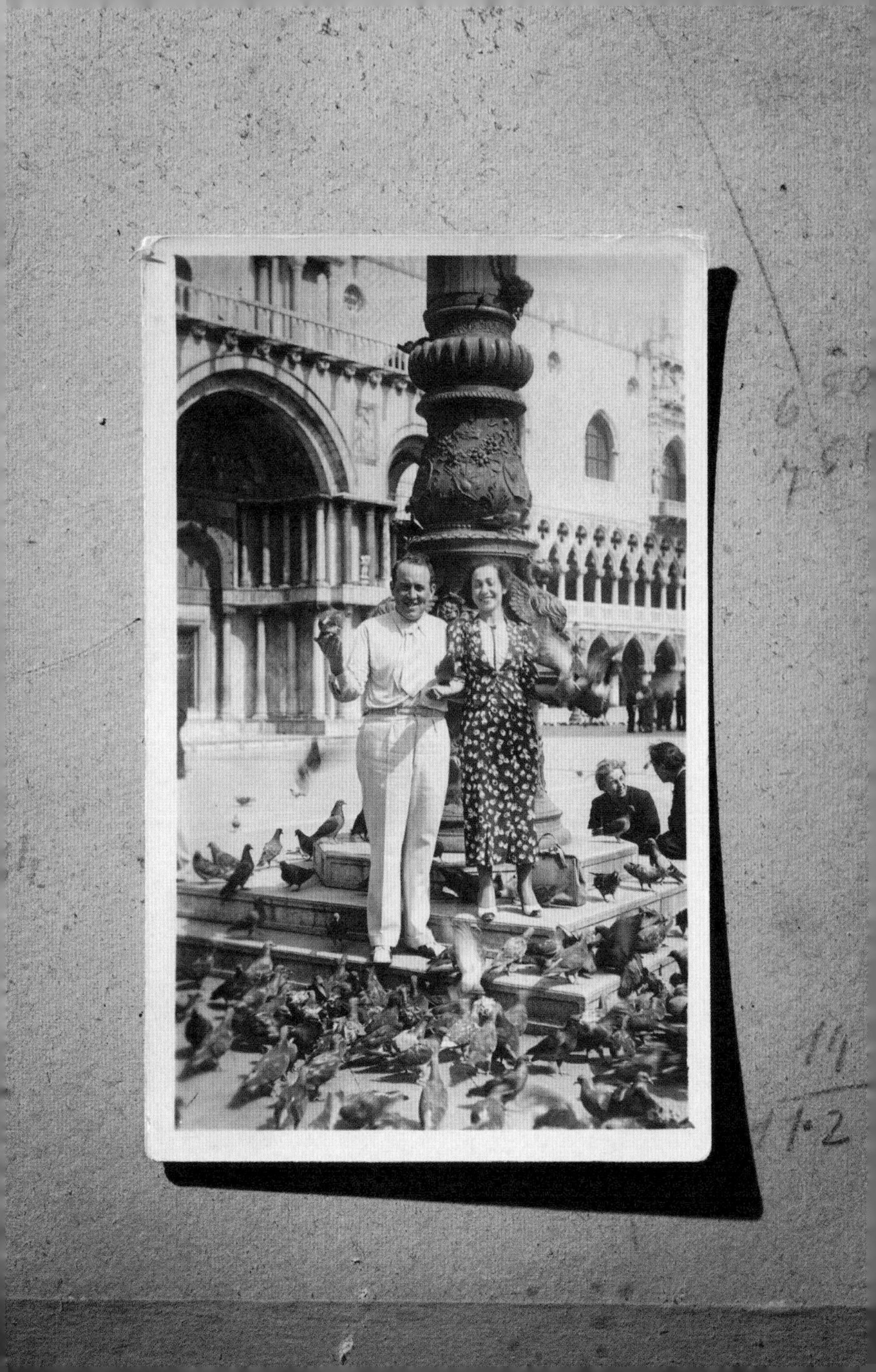

◎

蜜月照

「迪娜」

我的母亲叫利亚,与《圣经》里雅各的妻子同名。因此她为我取名迪娜,和《圣经》里利亚的女儿同名。第二次世界大战前夕,我和家人住在当时南斯拉夫北部的一个小镇——鲁马。1941年4月战争爆发时,我才三岁,因此关于之前的岁月,我只留下一些零星的记忆。外祖父母和母亲的大多数亲戚都住在萨格勒布,我很少见到他们,但经常和住在附近的祖父母待在一起。我还记得和他们一起享用温馨的安息日晚餐时的情景，餐厅总是经过精心布置，我们一起吃着祖母做的美食。我也一直记得在重大节日里我们前往犹太教堂的情景，每个人都穿得整洁得体。

我对鲁马最后的记忆，是祖父锁上前门，祖母、母亲和我拎着箱子站在房前的栗树旁。一直照顾我的保姆范妮抱着我哭了，父亲没有和我们在一起，他已经被德国人囚禁了。负责我们这一区域的德国指挥官警告我们尽快离开鲁马，因为所有留下来的犹太人都会被处死。

当我听说我们要去诺维萨德——我的姨妈米拉和她的丈夫恩德雷居住的地方时，还很高兴。那时我还不知道诺维萨德已被匈牙利法西斯占领，而我们也没有别的地方可去。

母亲和祖父母决定前往布达佩斯，看看躲在大城市里是否更安全些，于是先把我拜托给了米拉姨妈。留在原地是危险的，因为像我们这样的人——从被德国占领的塞尔维亚地区逃离、又没有匈牙利身份证的犹太人——一旦被发现就会被遣返并杀掉。

和米拉姨妈在一起的日子很快乐，她乐观而俏皮。她会给我讲童话故事，给我买儿童读物，陪我一起看五颜六色的插图。她还会带我出去散步，有时去拜访邻居，让我和其他小女孩一起玩。

米拉姨妈给我看了她的相册，里面有我的父母、外祖父母、米拉姨妈和吉加舅舅的照片。我最喜欢的一张是母亲和父亲在威尼斯度蜜月时拍的合照。照片中的父亲穿着白色裤子和衬衫，系着领带，非常英俊；母亲则穿着由丝绸制成的薄纱连衣裙，美丽大方。他们站在广场上喂鸽子，阳光明媚，两人脸上都洋溢着幸福的笑容。

一天，我正坐在房间地板上，和管家的儿子伊姆雷玩拼图，几个匈牙利宪兵闯了进来，他们一边厉声喊着"紧急检查！"，一边逐个房间搜查。我后来才知道，那天，匈牙利当局指示对多瑙河沿岸的犹太人和塞尔维亚人发动大屠杀。米拉姨妈的匈牙利女管家告诉宪兵我是她的女儿，才让我免于和其他犹太孩子一起被扔进多瑙河的冰窟里。

米拉姨妈和恩德雷姨父不幸被宪兵带走了，不过很快又回来了。原来，他们正要和其他犹太人一起被关入车厢里时，一个路过的匈牙利军官突然下令让宪兵放了他们——恩德雷姨父是一名医生，曾经救过这位军官的兄弟——他们因此得以逃离那冰冷的多瑙河坟墓。

母亲和祖父母一直没有回诺维萨德，但托人带我去了布达佩斯，只是我已不记得是谁带我去的了，也不记得是怎么到那里的。米拉姨妈和姨父则留在了诺维萨德。

母亲在布达佩斯租了一个陈设破旧的房子，祖父母也住在附近一个同样破旧的房子里。因为母亲当时正在一家犹太人开的缝衣室工作，刚开始的几天我是和祖父母一起住的。后来，我被送往托儿所，大约一个月后，我学会了说匈牙利语。但快速学会这门新语言对母亲来说太难了，而一旦被发现使用塞尔维亚语，我们很可能会被遣送回塞尔维亚，并被杀害。这可怎么办呢？还好母亲想到一个办法，她开始教我德语，这样我们就可以用德语互相交流了。

在我抵达布达佩斯的第一个晚上，当我们坐在房间里吃饭时，母亲取出了一张小照片。这张照片和我在米拉姨妈家看到的那张父母亲蜜月照十分相似，我惊讶极了。母亲把照片斜靠在玻璃上——现在父亲也和我们在一起了。

"看，迪娜，"她说，"你遗传了爸爸的小酒窝。他左右脸都有，而你只有一个，在右边。"

母亲每晚都会取出这张照片看一看。一天晚上,她告诉我她和父亲是如何相遇并坠入爱河的:在萨格勒布外祖父开的商店里,有一次父亲去购物,而她恰好是收银员。还有一晚,她向我描述了他们在萨格勒布犹太大教堂举行的神圣婚礼,以及他们在威尼斯乘小船、喂鸽子的蜜月之旅。我接过小照片仔细端详,惊喜地发现有一只鸽子落在父亲的手上,还有一只则落在母亲的右臂上。

在母亲讲给我听的所有往事中,我对一件有趣的事印象最为深刻。有一天晚上,她和父亲在威尼斯市中心的一家餐厅约会,点了一份配有新鲜樱桃的甜点。父亲淘气地用拇指和食指夹住一颗樱桃核,瞄准旁桌吃饭的人,一击即中,那人看过来时,他却装出一副若无其事的样子,然后和母亲躲在一旁偷笑。

还有一些故事发生在婚礼之后,那时母亲离开了萨格勒布,和父亲回到他的家乡鲁马一起生活。那时,还没有战争。母亲每次向我讲述这些故事时,总将照片轻轻靠在桌上,眼睛里饱含泪水,充满闪亮的光。

在我五岁那年的某一天,母亲突然告诉我,从此以后不可以再叫我迪娜了。我的名字变成了玛丽亚,母亲也改名叫卡罗琳娜，而且我还必须佩戴一条十字架项链。我哭了，我可不想被称作什么"玛丽亚"。母亲没有告诉我原因——就算她当时告诉了我，我也无法理解。当时，匈牙利当局开始将无证犹太难民送往乌克兰，并杀害他们，因此母亲必须想办法为我们俩获得虚假身份证件。

我们找到物业管理员，请他把我们的新名字登记在租户登记簿上，并告诉他我们是基督徒。我听到母亲告诉他，她已经和她的犹太丈夫离婚了。她不再爱父亲了吗？我很想知道，但没有出声询问，因为母亲看起来非常伤心。

从此，母亲再也不把蜜月照拿出来给我看了。但我知道，趁我不注意的时候，她还是会偷偷地拿出来一边看，一边流泪。

1944年深秋，匈牙利的法西斯组织箭十字党夺取了政权。有人通知祖父母，他们的假身份证件未能瞒过当局。他们最终被关入戒备森严的房子，门上有一颗黄色的大卫之星（犹太人标记，两个正三角形叠成的六角形）——相当于一个犹太人区。

箭十字党党徒曾多次盘问我和母亲，凭借假身份证，每一次我们都勉强蒙混过关,但他们仍然心存怀疑。有一次他们甚至用枪指着我们,试图强迫我们承认自己是犹太人,但我们矢口否认。

1945年1月,我们才终于被苏联红军解放。

现在,这张小小的蜜月照就放在我们的家庭相册里。每次看到它,我的内心都不禁波澜起伏、五味杂陈。这张照片拍摄于1937年夏天。1941年4月,父亲成为一名德军战俘,母亲则独自带着我活命。然而,即使我们与父亲天各一方,这张照片仍让我感觉父亲和我们是一家人,并且始终在一起。因为这张照片,我始终保持着对父亲的亲近感,所以战后我们在诺维萨德相遇时,我立马就认出了他。那时,我们结束了在布达佩斯的冒名生活,被囚禁的父亲也终于回来了。

我很喜欢这张蜜月照,因为那时的父亲和母亲,是如此的美好而快乐。

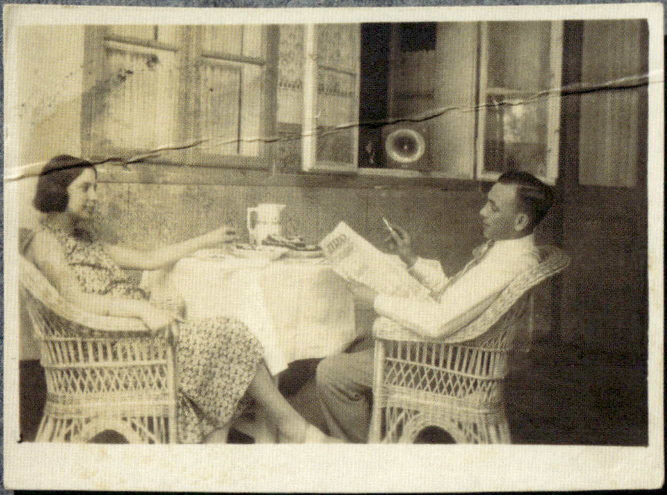

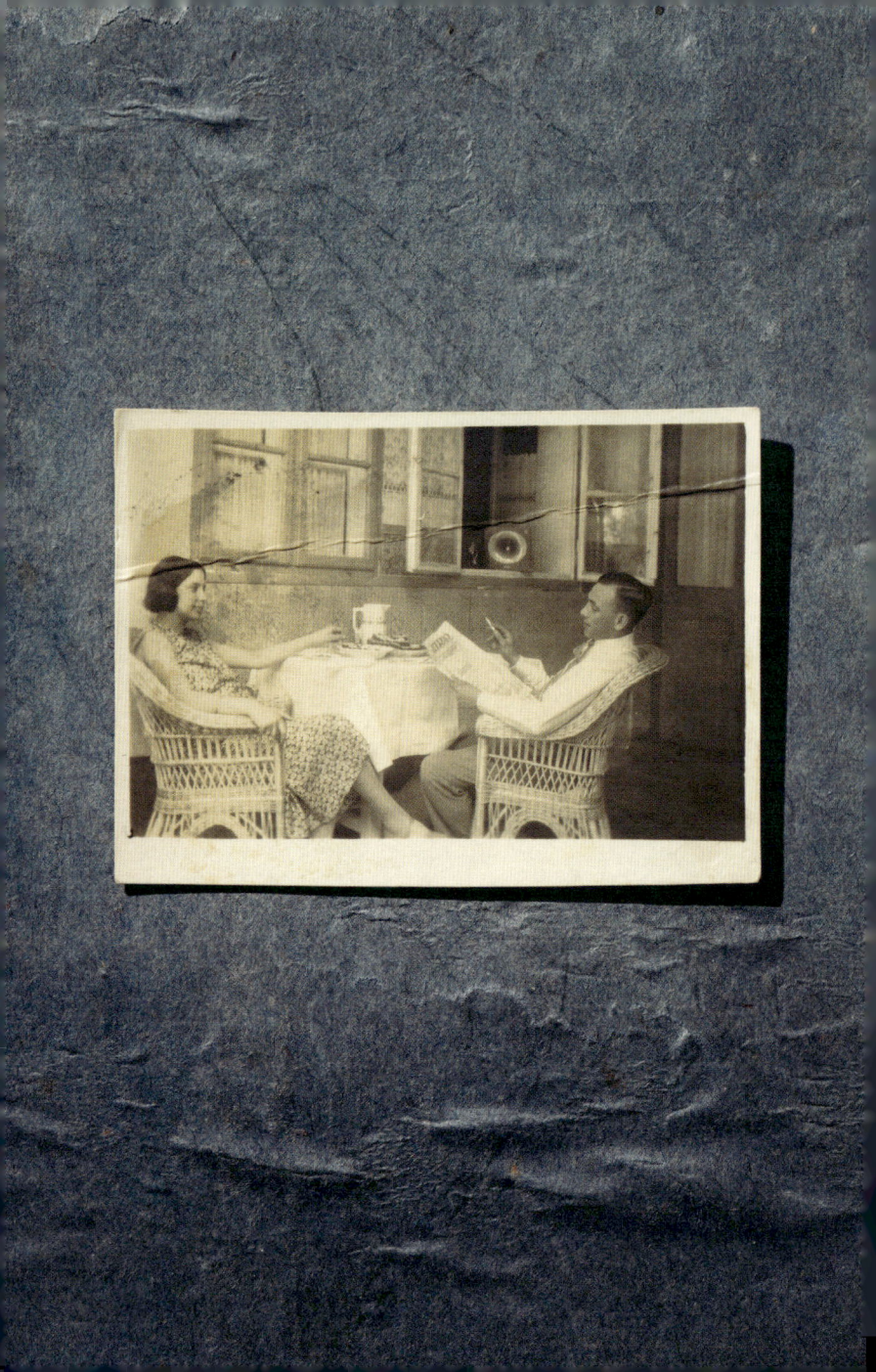

◎

父母的照片

「约万」

1942年秋,我告别森塔的安琪阿姨,来到匈牙利塞格德市外祖母的妹妹萝丝家。萝丝姨婆给了我一张照片,是我父母的合影。照片可能是我舅舅安德烈拍的,他是一名医生,是当时的南斯拉夫家庭中少数买得起照相机的人之一。照片上,我的母亲恩西和父亲雨果面对面地坐在院子里的藤编扶手椅上,旁边是开着的窗户,窗台上放着一台收音机。他们之间的圆桌上铺着洁白的桌布,上面放着汤盘、餐盘和一个装饰着精致花朵的白瓷茶壶。我还记得那只茶壶。母亲显然怀孕了,肚子里是我的哥哥久里察,她看上去还非常年轻。这张照片是1930年夏初拍摄的,而久里察在当年8月17日出生。母亲妆容精致,穿着一件无袖连衣裙,侧颜看上去格外美丽。父亲的头发梳理得一丝不乱,他穿着衬衫长裤,系着领带,右手夹着一支点燃的香烟,左手拿着当地的报纸《新闻报》。他注视着报纸,但显然是在为镜头摆姿势。他们看起来很放松,很和谐。

那时,我的夹克口袋里通常都有一条白色手帕,于是我把这张照片包在里面,随身带着。我并不习惯时不时把它拿出来渴望地盯着看,但照片总和我在一起,感觉就好像父亲母亲总和我在一起。

1943年,当我在塞格德的犹太小学上学时,曾给一些同学看过父母的照片。其中一个叫费尔德曼的同学看到照片后很难过,因为他既没有父母的照片,也一直和留在布科维纳的父母没有任何联系。另一位叫格伦菲尔德的同学仔细地看了看照片后,带我回家见了他的母亲。他的母亲待我很友好,她看到照片就哭了,原来她的丈夫随犹太劳工被派往乌克兰,已经很久没有消息了。

1944年夏初,在从塞格德犹太人区到奥斯维辛集中营的第一批犹太人运输中,费尔德曼和格伦菲尔德被带走。

而我、萝丝姨婆和她的丈夫马尔奇被从塞格德犹太人区带到奥地利做苦役。当时,犹太人大屠杀负责人员阿道夫·艾希曼与匈牙利的一些犹太组织进行谈判,艾希曼提出用美国卡车和英国战俘营里的德国战俘交换我们这些犹太人。谈判过程中,有两万名犹太人被"搁置",我们就在其中。然而谈判最终破裂,我们被从奥地利带到德国北部的卑尔根-贝尔森集中营——一个没有毒气室的特殊集中营。战后,萝丝姨婆的丈夫马尔奇告诉我,正是因为在奥地利被"搁置",我们才免于成为奥斯维辛集中营被火化的一员。当然,这纯粹是个巧合,算我们走运。

1944年12月7日抵达卑尔根-贝尔森集中营时,我们没有被迫接受检查,所以我有幸保留下父母的照片。萝丝姨婆和她的丈夫马尔奇很照顾我,幸好有他们,我才能在营地安然度过那个冬天。我的新营友大多和他们的母亲在一起,有些也有祖父母或外祖父母陪伴——但唯独没有父亲。因为战争一开始，所有的青壮年男人就被带到乌克兰东部前线去了。在那里，匈牙利士兵让他们挖战壕，在雷区和敌人非布防的动荡地带作为排头兵前进——可谓九死一生。

不知为什么，一个叫乔斯卡的男孩的父亲却在集中营里。乔斯卡和我常坐在长长的餐桌旁，尽力靠近集中营中唯一的、极其昏暗的灯泡。和其他人一样，我们也经常挨饿，又瘦又弱。我们俩都觉得长时间坐着下棋是一个很好的选择，因为它既能让人精神振奋，又不需要消耗体力。除此之外，有时候我会独自坐在半明半暗的地方发呆，但我觉得更有趣的是写写单调的集中营生活——尽管我只有一支又短又钝的铅笔。

我和乔斯卡下棋时，他的父亲总会时不时走过来，看我们下棋，并指导我们如何提升。每次他离开后，我都会取出我父母的照片给乔斯卡看，并说：

"看，这是我父亲，就是他教会我下棋的！"

每一次乔斯卡都只是僵硬却故作耐心地看着这张照片，并淡淡地说一句："他们看起来棒极了！"

我总觉得他的答复很单调，肢体语言礼貌却做作，但这仍算是对我父母的评论。而这句评论对于我来说很重要，它仿佛是一种暗示，告诉我父母亲还活着。因此每次听到他的回答后，我都会满足地把照片放回口袋里，然后继续和他下棋。

1945年，我带着父母的照片回到彼得罗夫格勒，茹西姨妈告诉我，家里其他的人全都死了。听到这个消息，我既不感到惊讶也没觉得悲伤，因为事实上，我一直疑心父母已经遇害——如同家里的其他人。但是，我还没有行受戒礼（为年满十三岁的犹太男孩举行的成人仪式），所以不能为他们读犹太祈祷文——犹太人为死者祈祷的悼文；而且，犹太教堂已经被德国人拆毁，也没有地方可以念祈祷文了。有时我想，也许这就是为什么我的内心深处一直强烈感觉到我的父母仍活着——因为我从来没有为他们念过祈祷文。

至今，我仍保留着父母的这张合影，它依然完好无损，只有一个浅浅的折痕，现在，它和其他家庭照片一起躺在我的相册里。相册里的所有照片，都是我这些年来一张张保存下来的。我有时会打开相册，仔细查看所有的照片，寻找我被杀害的家人和我的子孙之间的相像之处。这些照片总唤起我的记忆，让我清晰地想起他们的一举一动、一颦一笑，他们走路、张望、微笑、开玩笑、大笑、挠鼻子或耳朵的样子，还有他们的音乐、绘画、写作天赋，以及对运动的兴趣。通过这种方式，曾经那个被人从我身边迅速夺走的家庭又复活了。

№ 128
широк...

制服口袋里的照片

「迪娜」

1941年4月12日,德国人占领了我的家乡鲁马,我的父亲米萨被囚禁。当时我才三岁,但在整个战争期间,他温暖、含笑的眼睛一直留在我的记忆中。

1945年4月,和母亲回到诺维萨德后,我再次见到了父亲,那时我已七岁。他瘦削而严肃,穿着制服的他看起来与母亲在战争期间保留的"蜜月照"中的样子完全不同。但我马上认出了他的眼睛和他双颊上的笑意。

他把我抱在怀里,吻了吻我的脸颊,说:"小迪娜,你长大了!还是和照片里一样可爱!"说着,他拿出一张小照片:"瞧,整个战争期间我都带着这个,就藏在这里。"他指着他的制服口袋。

照片中,父亲戴着帽子,正看着怀中的我微笑,我则戴着手套和针织帽。在照片的左侧可以看到我的米拉姨妈。背景里的树枝光秃秃的,没有一片叶子,当时可能是1940年的早春,我大概才两岁。

重逢后,我才得知父亲是南斯拉夫预备役军官,在红十字国际委员会的保护下,他被关在战俘营,而不是集中营里,从而得以幸存下来。父亲向我们讲述了他被关在奥斯纳布吕克战俘营和纽伦堡战俘营的那段岁月。他被允许保留他的南斯拉夫军官制服,还可以收到我那住在斯德哥尔摩的埃尔齐姑姑寄去的信件和包裹。1941年,埃尔齐姑姑与家人匆忙赶往瑞典斯德哥尔摩挽救儿子的生命——他得了脑瘤。虽然他们请到了当时世界著名的外科医生奥利维克罗纳教授为他做手术,但他还是不幸去世了。当时战争正在激烈进行,埃尔齐姑姑和姑父无法返回自己的家园,只好留在斯德哥尔摩。

更多有关父亲在战争期间生活的情况，我是从另外两本书中了解到的。这两本书的作者奥托·比哈尔吉·梅林和西玛·卡拉奥格拉诺维奇，与我的父亲关在同一个战俘营。通过他们的讲述，我知道了父亲如何与他的室友分享姑姑寄去的食物，以及他如何巧妙地把收音机藏在床垫下面——一旦被发现，私藏者就会被立即处决。书中还讲述了在战争即将结束时，父亲是如何与一些室友一起逃离，加入苏联红军，与德国人作战的。

父亲后来告诉我，除了这张小照片，他还有一张他和我母亲的合影。我想，在那段岁月里，他一定经常拿出这些照片，看着它们，思念着我们。

后来，那张父亲与母亲的合影被我们弄丢了，只剩下父亲和我的这张——也是我们战前拍摄的唯一一张有我的照片。随着时间流逝，它已经皱得厉害，边缘也磨损了，我便把它熨平、裱起来。现在，它就挂在我的床头柜上方。我经常看着这张照片，回忆着父亲假装把我抛向空中的样子，当时我们笑得那么开心。这张照片让我感觉自己仿佛从来没有与父亲分开过，即便是在战争时期——那时，我曾在他胸前的口袋里，跟他一起被关进战俘营，然后一起从那里逃出来，与纳粹德国作战。

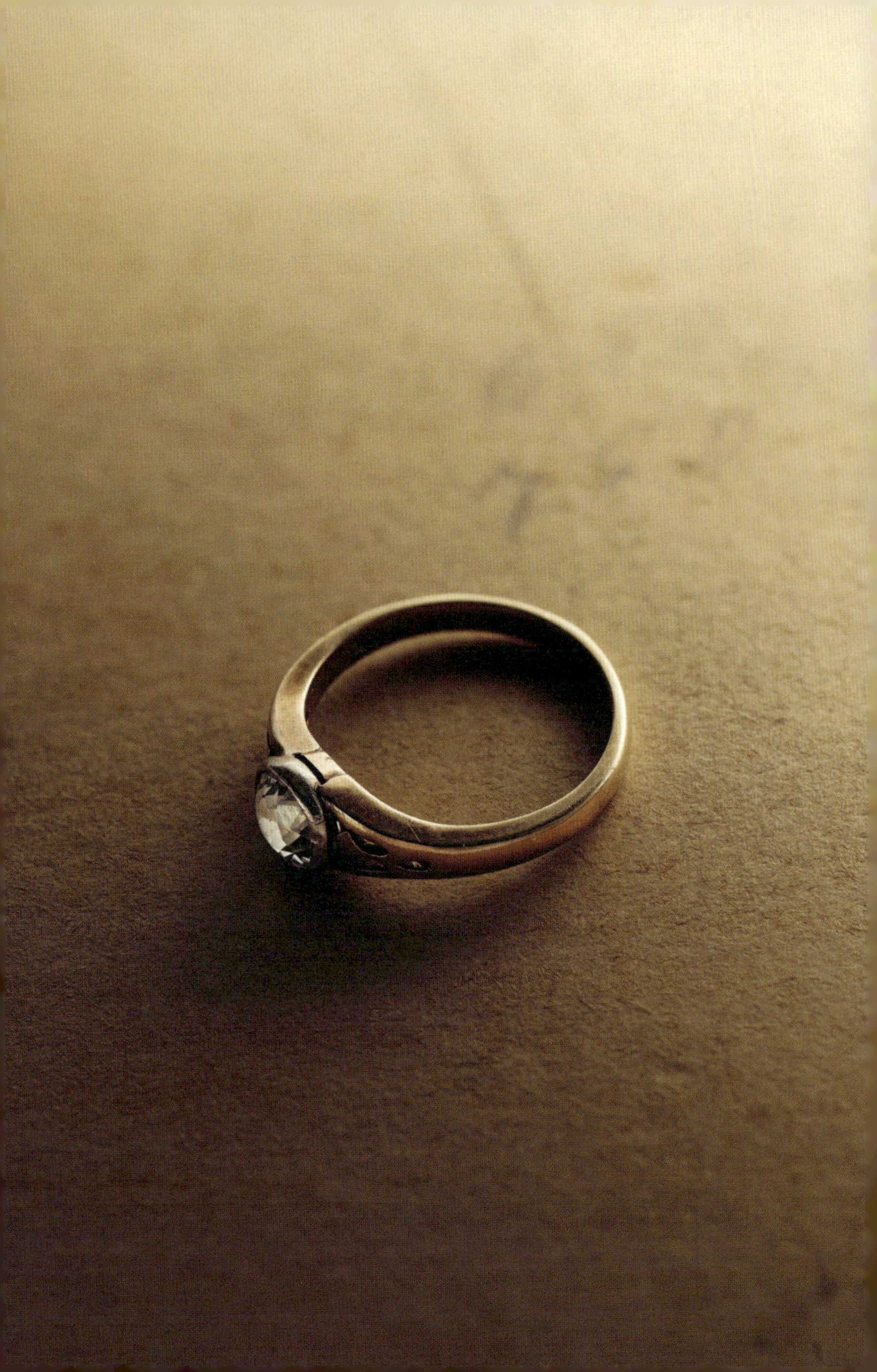

◎ 订婚戒指

「迪娜」

2003年3月,一个阳光明媚的日子,我和约万来到贝尔格莱德的犹太人公墓前,在这里举行我母亲利亚的葬礼。她活到了八十九岁。当拉比(犹太教负责执行教规、律法并主持宗教仪式的人)致祈祷文时,约万紧紧握住我的手。我一直在流泪,许多关于母亲的回忆在脑海中浮现。我旁边站着我的妹妹米拉,她也在哭泣。

在我和母亲从布达佩斯回到诺维萨德与父亲团聚的一年后,也就是1946年,我的妹妹米拉出生了。那场世界大战将我和妹妹隔开了,否则我们的年龄差距肯定会小一些。她和我们的姨妈同名——米拉姨妈不幸在战争中丧生。

1942年,我和母亲到达布达佩斯后不久,米拉姨妈和她的丈夫也一起到了那里。他们也设法获得了伪造的身份证件,但在1944年春季被举报。得知要被迫乘坐各种交通工具去往奥斯维辛集中营后,他们双双服下了剧毒药片氰化钾。

1958年我和约万结婚时,妹妹米拉才十二岁。从某种意义上来说,贝尔格莱德并不是一个反犹太人的城市,但这里的街道环境和其他人或事总在提醒我们(尤其是约万)战争期间发生过的一切。我们一直——尤其是女儿出生后——想搬到一个和平安宁的地方开启新的生活,让我们一家能有一个光明美好的未来。最终我们选择了瑞典。1968年,我们搬离贝尔格莱德,而米拉留了下来。

在母亲葬礼后的第二天,妹妹米拉和我一起回到母亲生前的起居室整理她的遗物——一些与家庭有关的文件、照片和珠宝首饰。母亲很爱珠宝首饰,因此在我们面前的茶几上摆放着不少这样的物品,其中有一些项链、戒指和两对耳环。但我一眼就看到了她的订婚戒指,它是那么闪亮迷人。那一瞬间,我的心跳似乎都停止了,记忆像电影中的场景一样一幕幕浮现眼前。

1944年,那时我只有六岁,和母亲住在匈牙利西部巴拉顿湖畔一个叫凯奈谢的小村庄。在我们从布达佩斯去到那里之前,母亲告诉我,我们要去一个大湖边居住,在那里可以晒日光浴和游泳。但我们此行的真正原因是,那年春天,德国军队开进了他们的盟友匈牙利境内,并开始将匈牙利的犹太人驱逐到奥斯维辛集中营。乡下的犹太人被"肃清"后,母亲认为应该没有人会再去那里寻找犹太人了,于是,她带着我搬到凯奈谢,并登记为基督徒。而那时祖母恰好得了重病,卧床不起,不能和我们一起走,她和祖父只好留在了布达佩斯。幸而到了夏天,时局有所好转,他们才得以逃过一劫。

凯奈谢的天气又热又闷,即使我们持有假身份证,每个星期天都去教堂做礼拜,母亲依然每天提心吊胆。无事可做的时候，我们便拉上窗帘，静静地坐在租来的小房间里，以免常去拜访邻居的德国军官看到我们。母亲那时靠为村民缝补衣服来换取蔬菜、水果、鸡肉等；当然，她也会为我的洋娃娃缝衣服。

有一次，我用眼角的余光瞥到，母亲偷偷把她那件点缀着小花图案的棉布连衣裙的腰带一端拆开，把订婚戒指放进去，然后缝好——她为戒指找到了新的藏身之处。

我想母亲一定很喜欢她的订婚戒指吧。它让她觉得自己仍和爱人待在一起，也许还会带给她一种经济上的安全感——如果必要的话，可以用它换取生活物资。然而，如果箭十字党党徒看到它，一定会把它夺走。因此，她需要经常变着法儿地为它寻找藏身之处。

初秋的一天，三个德国士兵不顾我们正在上课，走进我们的教室。他们看到我的黑色卷发，便径直走到我的书桌前，其中一人用手指挑起我的卷发，开始盘问我。我害怕极了，一句话也说不出来。多亏了善良的老师挺身而出，跟他们说我是一个奥地利女孩，他们这才将信将疑地离开了。在那之后，母亲便带着我又逃回了布达佩斯。但在那里，我们活得也并不轻松。

箭十字党在1944年秋末掌权，挨家挨户寻找仍四处藏匿的犹太人。有一天，他们来到我们租住的公寓，厉声命令所有人到厨房集合，一个瘦削的箭十字党党徒举着步枪看守着我们。母亲和我站在厨房的炊具旁边，我注意到她偷偷地把一根几乎空了的牙膏管快速扔进了旁边的垃圾桶里。箭十字党党徒一边命令我们交出所有值钱的东西，一边在橱柜和衣柜中胡乱翻找。我一直盯着他们，但仍然不自觉地瞥了一眼垃圾桶。母亲一把抓住我的头，把我的脸转向她，然后从口袋里掏出手帕擦了擦我的鼻子，但我其实并没有流鼻涕。等到箭十字党党徒终于离开后，母亲才把牙膏管从垃圾桶里拿出来——我知道她的订婚戒指就藏在里面。

12月的一天，一个又矮又胖的箭十字党党徒醉醺醺地来到我们家，命令母亲和他一起去总部。母亲只好穿上外套，抓起总是随身携带的黑色手提包，跟着他走了。我哭得很厉害，也想跟去，被我们的女房东内尼阿姨拦了下来。深夜，母亲终于回来了。她告诉我，箭十字党党徒审问了她，幸好她持有假身份证件，躲过了一劫。说着，她笑着从包里拿出装着订婚戒指的牙膏管，长长地吐出一口气。

我还清楚地记得1945年1月布达佩斯解放时的情景。巷战期间,我们在房子的地下室里躲藏了好几天,最后看到苏联士兵冲了进来。我们终于可以光明正大地行走在街道上了,母亲又开始叫我"迪娜"了!是的,她说,我们可以重新使用我们的犹太名字了!——因为箭十字党党徒和德国士兵都已离开布达佩斯。母亲说这些话的时候,脸上的笑容就像戒指上的钻石光芒一样灿烂,她终于将那枚戒指重新戴在了左手的无名指上。

我和约万搬到瑞典后,父母每年夏天都会来看望我们。母亲总是戴着那枚订婚戒指,但1981年父亲去世后,她十分悲伤,再次把戒指藏了起来。不过,她仍然会定期来看我们,直到因为生病住进贝尔格莱德的一家疗养院。后来,我尽可能多地去看望她,和约万以及女儿们轮流去照顾她。我经常跟她的医生联系以了解她的病况,给她送药,尽我所能帮她做一些事,但还是住在贝尔格莱德的米拉承担起了日常照顾母亲的主要责任。

现在,我和米拉一起站在母亲的起居室里。我看着这枚订婚戒指，真的想要它。我不知道它是否昂贵，这对我来说一点也不重要。我只知道，它对我来说意义重大。它承载着我对母亲的诸多记忆——尤其是战时她为我们的生存而战的巨大勇气，以及她独自照顾我和我的祖父母的细致耐心。直到成年后，我才意识到母亲那时是多么的孤独，多么的绝望和思念父亲。现在，我也终于明白，她当时为什么经常偷偷地哭了。

"能把母亲的戒指留给我吗？"

妹妹米拉的声音把我从回忆中唤醒。

我的思绪有些混乱。妹妹米拉不可能有跟我一样的记忆，她是战后才出生的。但母亲生病时，确实一直是米拉在照顾她。

"拿去吧！"我告诉她。

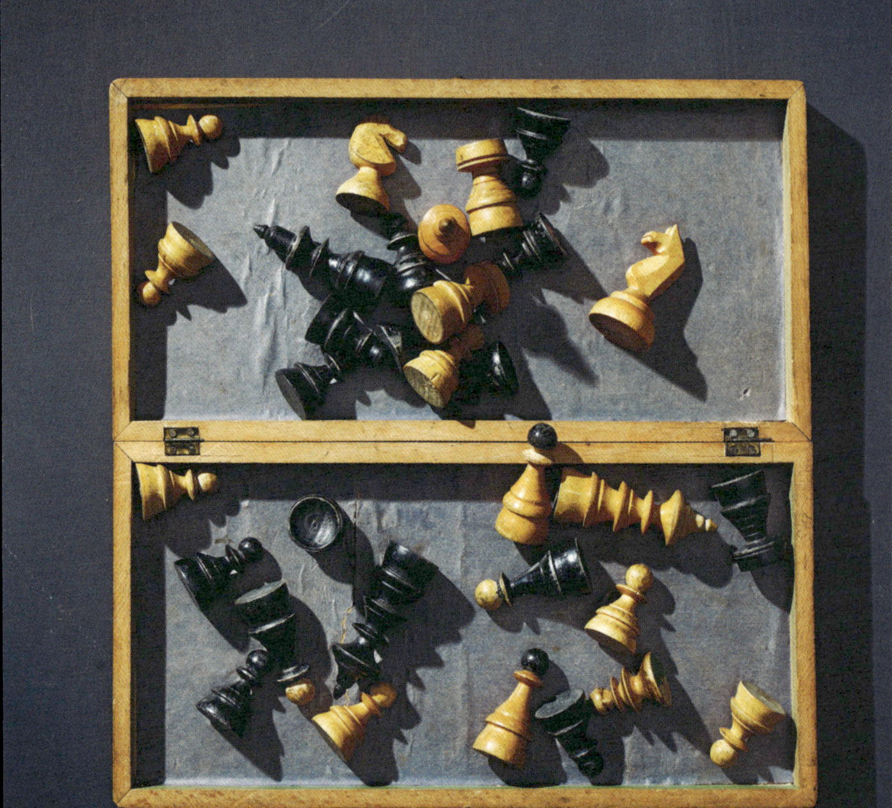

国际象棋

「约万」

1945年秋,我从德国的集中营回到彼得罗夫格勒的茹西姨妈家,在那里发现了父亲的国际象棋。虽然那只是一副普普通通的国际象棋,而且那时已经变得相当破旧,我依然一眼就认出了它。其中一枚白马棋子在战前就丢失了,取而代之的是另一副象棋中略大一些的一枚,其鬃毛处没有凹槽。我并不关心父亲的国际象棋怎么会在茹西姨妈家，只是觉得，既然现在我回到了彼得罗夫格勒，父母的东西就应该放置在我的新家里。

在我的童年记忆中，父亲从来不是一名国际象棋爱好者。大部分时间，他都忙于照料自己的书店，那是彼得罗夫格勒最大、最现代化的书店。那里有最好的文具、教科书、南斯拉夫文学作品，以及最新的世界文学译著。采购、销售、管理员工、与客户建立联系……父亲每天都需要做大量的工作。不过午休时间，他总是回家和家人一起吃一顿舒服的午餐，之后和母亲一起小睡一会儿。到了晚上，我们都喜欢和朋友、家人在一起，聊天、唱歌或者听有趣的广播节目——我从来不记得有人下棋。尽管如此，我对和父亲下棋的记忆仍旧清晰明朗。

1941年5月，我们和彼得罗夫格勒的所有犹太人一起，被带到北郊的国防军军营。成年人被迫在军营外工作，清理德国的军事设施，清洗他们的汽车、坦克和大炮，打扫街道，或清除被炸毁的房屋的废墟。我们这些不谙世事的孩子，反而过得很开心：没有学校，不用上课，还可以在军营里做游戏、捉迷藏、踢足球。

不可思议的是，8月初，我们一家人被允许离开军营，但我的外祖父母必须留下来。由于当时有德国士兵驻扎在我们家,我们只好搬进了外祖父母的房子里。

当时当局对犹太人实行了全面戒严。好在母亲仍然可以和我们的塞尔维亚邻居隔着栅栏进行交谈,并得以获取一些生活上的帮助。他们给了母亲食物、肥皂和其他必需品——也许是要付费的,但我从未发现。整日待在院子里面很无聊,我们没有电,只能靠蜡烛照明。房子里几乎没有家具,橱柜和抽屉都被洗劫一空。记忆中,有外祖父母在时,我们整个大家庭聚在一起,每时每刻都充溢着温暖,然而那时这种氛围已荡然无存。尽管如此,而且天气又热又闷,母亲依然每天把房子打扫得干干净净,用花园里的干树枝点燃柴炉做饭给一家人吃。哥哥久里察大部分时间都独自坐在花园里的一把餐椅前,他正在写一本关于国防军军营的书,他说这本书将命名为《营地》。

父亲失业了,无所事事,于是决定教我下棋。我并不喜欢下棋,但也不排斥,只是认为自己应该乖乖听父亲的话,做个好孩子,所以也没提出反对。

在花园水泵旁一张漆成绿色的小桌子旁,我和父亲常常一坐就是好几个小时。父亲耐心地教我棋子的名称和

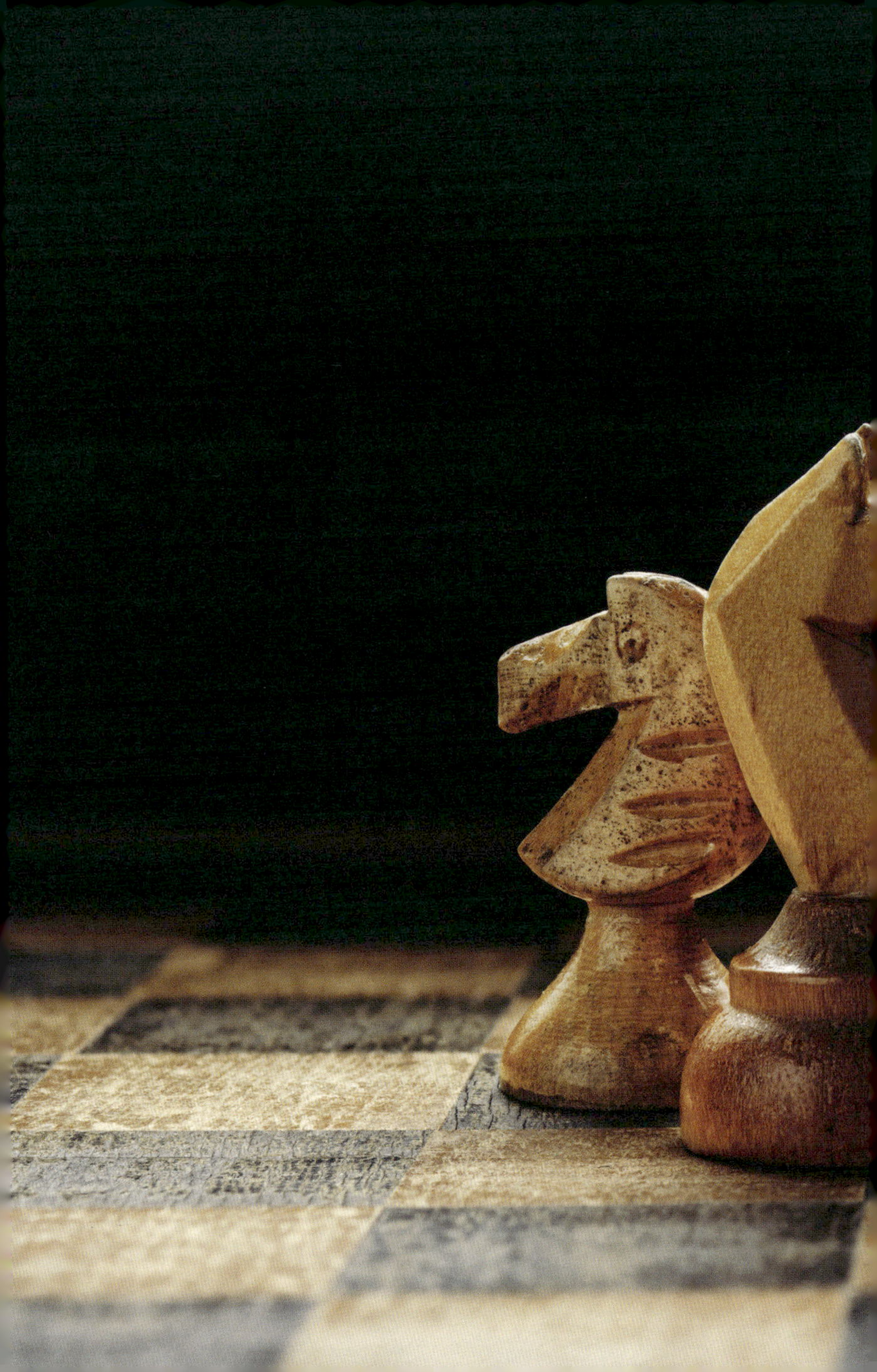

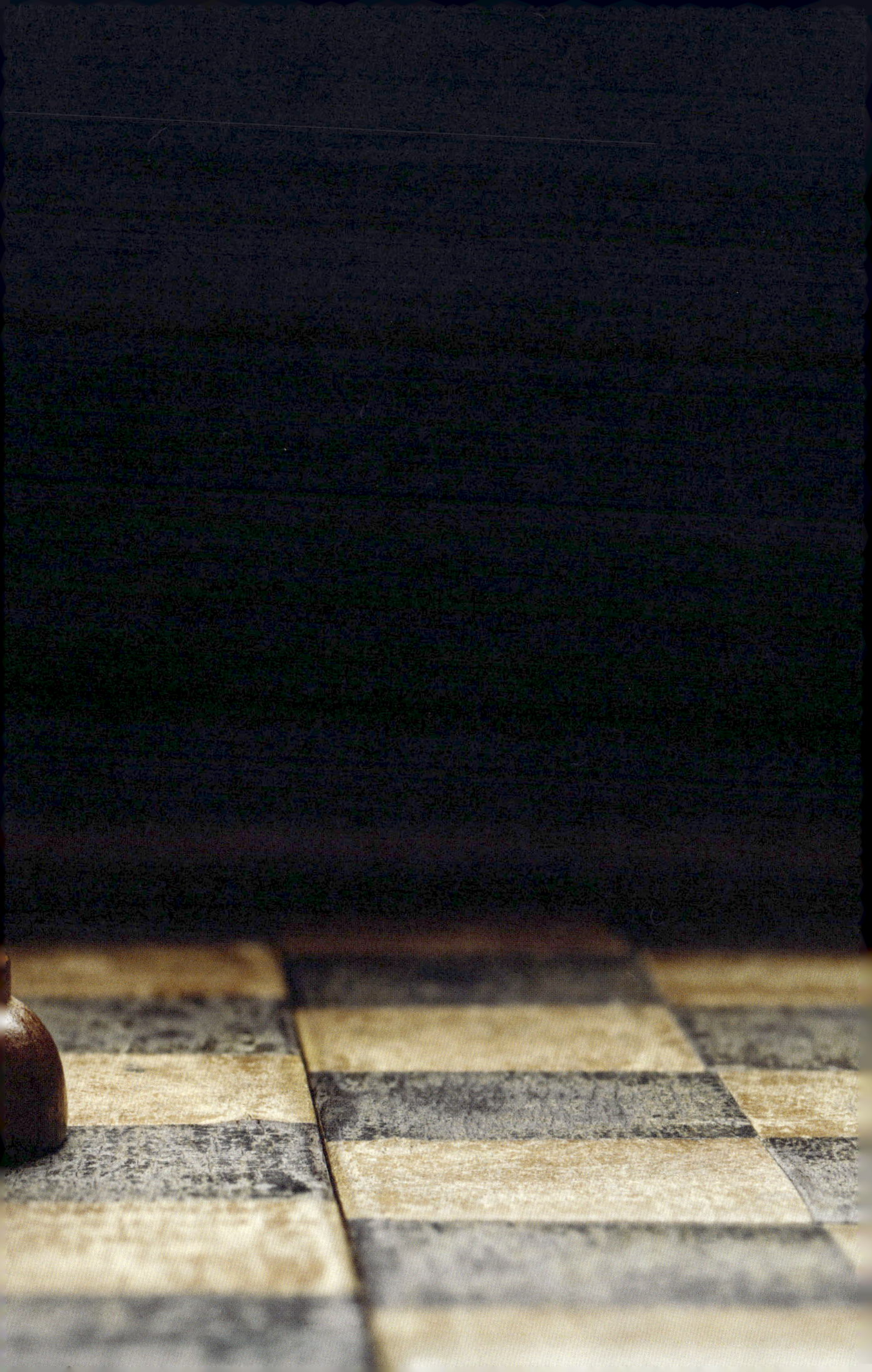

下棋规则,以及移动、进攻和防守的方式。即使是简单的兵,行棋方向也很不简单——它只能向前直走,每次只能走一格,但走第一步时,可以走一格或两格,而在攻击时只能倾斜前进。车和象的动作很单一,但是马是如何跳跃的?又应该往哪个方向跳呢?皇后怎么可能比国王有更大的行动自由呢?……对于一个八岁的孩子来说,理解这些确实有点困难,我觉得父亲在这个过程中也并未体会到多少乐趣。

我原本以为,自己要赢得一场棋局几乎是一项不可能完成的任务,但没想到几天后我就赢了一次。不过这并没有让我很开心,因为我怀疑是父亲故意输给我的,目的是激发我的下棋兴趣。

一天,当我再一次被下棋"折磨"的时候,突然觉得很不舒服。我的胃似乎胀痛得厉害,而且很想呕吐。我无法思考,即使眼前的棋局并不复杂。我唯一能说的话是:

"我不想玩了!"

"你必须继续。"父亲回答。

"我不想玩了。"我用更微弱的声音重复道。

"不行!放弃不是一个选项,你永远不能放弃!你明白我的意思吗?"

母亲注意到我有点不对劲,便插言:

"雨果,你难道看不出约万很不舒服吗?"

"我看得出来,但他必须下完这一局。"

母亲走到栅栏边,和邻居交谈了几句,过了一会儿,一位医生来到花园里。他为我进行了检查,又用手按了按我的肚子,说:

"是急性肠炎,把他交给我吧!"

医生从不同的方向为我按摩,帮我清空肠道,我的恶心感消失了。

母亲向医生道了谢。但他刚一走,父亲就说:

"好了!我们继续,轮到你了。"

我不记得那天最后是谁赢了,我想应该不是我。但我始终记得父亲告诉我的那句话:"放弃不是一个选项,你永远不能放弃。"随着时间的推移,我渐渐意识到,这句话不仅仅适用于下棋。

在家里待了仅仅十天,我们就被迫再次搬回军营。8月18日,一艘驳船将我们带到被德国占领的贝尔格莱德。第二天,纳粹党报《人民观察家》和《柏林股票交易报》报道说,南斯拉夫巴纳特省成为欧洲第一个无犹太人省份。

10月11日,父亲和我家的其他成年男性都被杀害了。

但父亲从来没有一刻放弃过,哪怕走到生命的尽头 —— 被五名国防军士兵枪杀并不意味着他选择了放弃。

和迪娜结婚后,我把这套国际象棋带到我们的新家。从那时起,无论我们搬到哪里,它都一直跟着我们。现在,它就在我电脑左侧的书架上。每当我看到它,就会想起我的父亲,想起他告诉我的 —— 永不放弃。

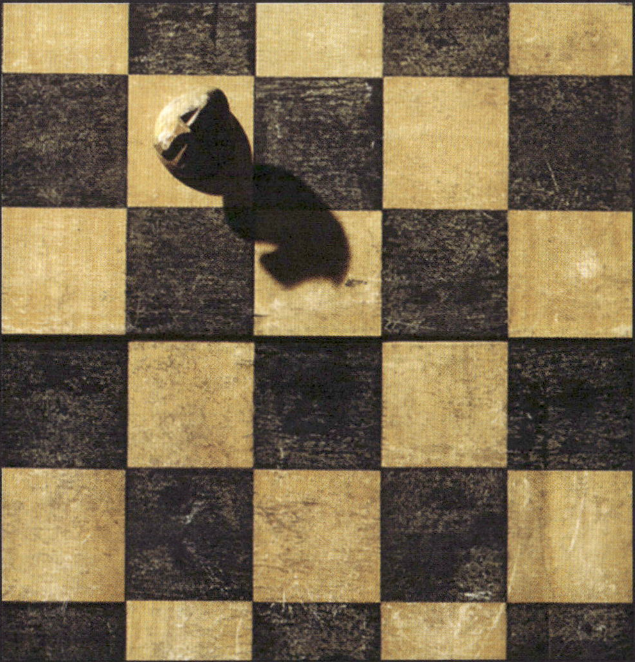

Anyamamának
59-ik születésnapjára
Dunicátol
Petrovgrad 22-II-1940

手镜

「约万」

1945年10月,我和表弟米尔科一起回到了战争期间我们日思夜想的地方——彼得罗夫格勒。由于我们位于泽麦·约维努大街36号的家已被陌生人占据,我们只好暂住在街道斜对面的5号——外祖父母的家里。这是一栋单层的房子,与街道旁的其他房子一样。外祖父母在30年代搬到这里时,将房子的正面漆成了黄色,但在战争中被弄脏了，而且部分已经剥落。

回来后我才知道，战争期间德国士兵曾住过这里。舅舅安德烈的遗孀耶莱娜舅妈最近带着她的孩子德拉甘和薇拉也搬了进来。这是一次温馨的重逢。一看到我，耶莱娜舅妈就流下泪来，她解释说，我让她想起了安德烈，以及许多往事。德拉甘和我互相瞧着，很快就认出了对方。他和他的塞尔维亚祖父——也就是我的外祖父莫米尔非常相像。看到他，我不禁想起1942年夏天，外祖父把我和他的猪一起藏在田里的情景。我以前从没见过薇拉，但她温柔的样子让我立马想起了我的母亲恩西。我环抱着她，转了一个圈，她大笑起来。

战争前夕，耶莱娜舅妈把我外祖父母家剩下的大部分家具都藏在了卧室里，餐厅里唯一留下的是一张巨大的餐桌。1940年春天，就是在这张餐桌前，我们一大家子最后一次在一起吃逾越节家宴。留存下来的家具状况不佳，壁架和抽屉都是空的，一眼便知曾遭受过战争期间那些闯入者的洗劫。但在一个壁架上，我看到了一些玻璃碎片和胶合板碎片——我认出那是外祖母的手镜，是我的哥哥久里察送给她的生日礼物。其中一个镜框碎片背面黏着一张椭圆形的纸片，上面是哥哥久里察的笔迹：

送给五十九岁生日的外祖母

1940年2月22日，彼得罗夫格勒

意思是，1940年2月22日，在外祖母五十九岁生日时，久里察哥哥于彼得罗夫格勒向外祖母献上祝福。文字是用匈牙利语写的，当时我们这些孙辈和外祖父母之间都是讲匈牙利语，因为这是他们的语言，从该地区属于奥匈帝国时期就开始普及了。不过，久里察的匈牙利语单词拼写有误，因为在学校，我们主要使用塞尔维亚语阅读和写作。我带走了那张纸片和一些镜框碎片。

我们都很敬重外祖母。记忆中，她总是任劳任怨，辛勤照顾家人、做饭、看护孩子，是家庭中无可争议的核心人物。而作为家中第一个出生的孙子，哥哥久里察更是众人关注的焦点。

看到这些碎片，哥哥久里察制作这个手镜的情景立刻清晰地浮现在我的脑海里。我仿佛看到他正坐在花园里，不知疲倦地用弓形锯锯着三毫米厚的胶合板。没错，他是在2月把手镜送给外祖母的,但我记得早在之前的那个夏天,他就开始坐在温暖的花园里,锯着带有许多孔洞的图案了。

其实,久里察制作手镜时才九岁,我也只有六岁。当然,看到哥哥的成果,我也想用胶合板为外祖母做点东西,久里察便为我制作了一个长颈鹿模板,只有二十多厘米长。形状很简单,很容易锯出来,但我一下子就锯掉了长颈鹿的一个角。当又一次锯掉第二只长颈鹿的两个角后,我再也没有耐心继续尝试了,自然也就没有礼物送给外祖母。

两年后,外祖母、久里察哥哥、母亲和彼得罗夫格勒的其他所有犹太妇女和儿童在流动毒气室被毒死。那是一辆没有窗户的"Saurer"牌特制运输巴士,当时他们毫无防备,高高兴兴地上了车,准备从贝尔格莱德的展厅出发,前往集中营——因为听说那里的亲人正等着他们。这一消息是展厅的德国指挥官赫伯特·安道尔向他们透露的,而他当然知道他们的那些亲人其实已经被枪杀,正躺在万人坑里。

对我来说,这些手镜碎片象征着我们这些孙辈对外祖母的爱。从那时起，我把它们和其他文档一起保存在一个文件夹里。每当我看到这些碎片，都会感到无尽的悲伤和心灵触动。

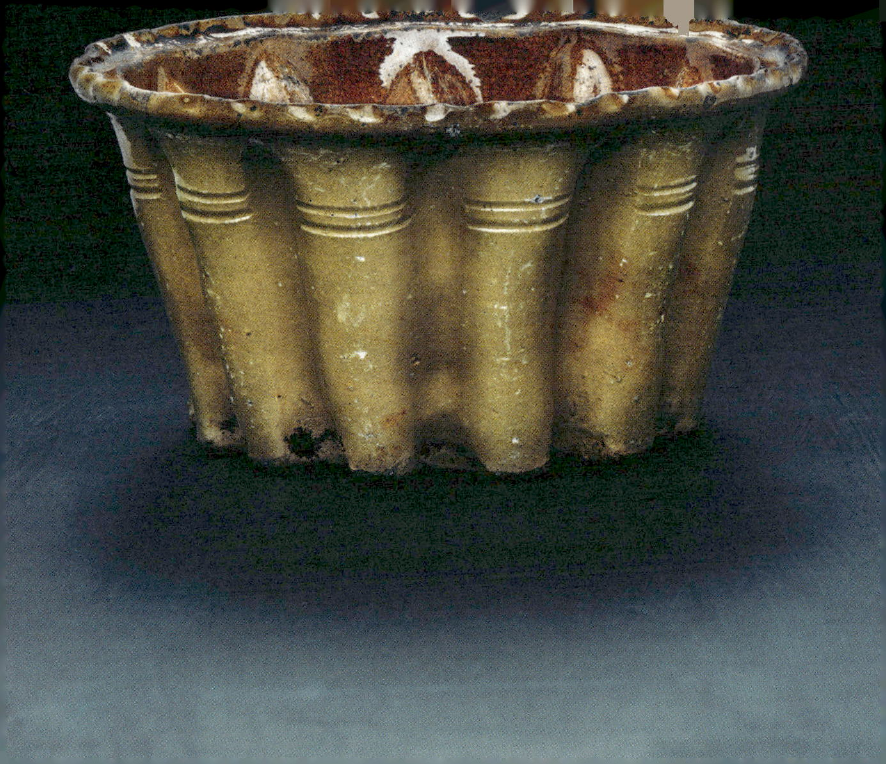

蛋糕烤模

「约万」

从外祖父母的房子里出来,米尔科表弟和我又来到花园。花园里的状况也很糟糕,原有的花坛已消失不见,果树也没人照料——有些看起来已经死了,水泵也生锈了。后花园里,破旧、塌陷的鸡舍旁堆积着齐膝高的干鸡粪,鸡粪堆表面呈灰色,边缘覆盖着一个圆形的东西,米尔科表弟把它挖了出来,原来是外祖母的蛋糕烤模。这是一个棕色的陶瓷模子，是外祖母过去用来烤制奶油圆蛋糕的。米尔科表弟又深挖了一些，结果又发现一个黄铜烛台，我们一眼就认出这正是外祖母的安息日烛台。他又挖了挖，可惜并没有找到成对烛台中的另一个。

米尔科表弟把这些挖出来的东西都带回家，清洗干净。烤模被他随意摆放在桌子上，里面塞满了铅笔和各种杂物；而烛台则藏在一个盒子里，不再使用，也绝不扔掉。

与米尔科表弟不同，我对这些物品都不感兴趣。我失去的不是家庭物品，而是家庭本身。

十八年后，也就是1963年，我和迪娜去了一趟以色列，考虑要不要搬到那里定居。我原本以为，犹太人——尤其是那些在战争中失去家人的犹太人，都应搬到以色列去。然而，那里的情况非常令人担忧，我们甚至目睹了一辆满载儿童的校车被宗教极端分子炸毁。因此，迪娜拒绝搬到那里。我当然没有表示反对，因为我知道她也跟我一样，常做与战争有关的噩梦。而且我觉得重要的是与迪娜拥有一个共同的新家，住在哪里都一样，只要和她在一起就好。

在耶路撒冷，我们买了一个银光闪闪的金属碗，上面刻着精致的圣经图案。回到贝尔格莱德后，我偷偷溜进米尔科表弟的房间，把他放在蛋糕烤模里的物品挪到新买的碗里——我要把蛋糕烤模带回家自用。在阁楼的一个盒子里，我找到了外祖母的安息日烛台，也拿走了。

是的，我和我的犹太妻子已有了一个新的家庭，但我仍然希望保留一些过去家里的器物。而且我觉得犹太人的蛋糕烤模应该用来烘烤奶油圆蛋糕，而不是放置铅笔。所幸米尔科表弟从没问起过被我偷偷带走的蛋糕烤模，还有安息日烛台。

迪娜花了好几天时间，仔细清洗了蛋糕烤模和安息日烛台，它们再次变得干净闪亮。我告诉她，小时候我们在每个安息日和生日聚会上都会吃奶油圆蛋糕。巨大的蛋糕上撒满了可可粉和葡萄干，并且总会配上一大杯表面铺满鲜奶油的热可可。外祖母是这么做的，母亲也是这么做的，我被邀请参加的所有生日聚会也都是这么做的。

＊＊＊

「迪娜」

是啊，我当然记得这样的奶油圆蛋糕，因为我曾在约万的茹西姨妈家吃过，还喝了里面放有鲜奶油的热可可——就跟约万告诉我的一模一样。

记得那天在茹西姨妈家，蛋糕被我们吃得一点儿不剩，烤模变得干干净净，我还向茹西姨妈索要配方。她非常高兴，笑着给了我她从她母亲——约万的外祖母那里学来的奶油圆蛋糕的配方和制作步骤。我想约万的母亲恩西一定也是按照这个食谱烤制奶油圆蛋糕的。回家的路上，我买齐了所有的食材，并在同一天烤出了我人生中的第一个奶油圆蛋糕。

首先，在烤模内部表面均匀地涂抹上液态无盐黄油，并撒上一层薄薄的小麦粉。

然后，把半包酵母粉倒入一只干净的大碗中，再倒入

150毫升[1]温牛奶，加入150毫升小麦粉，在室温下用烤盘盖住混合物。

大约一小时后，加入两汤匙融化的黄油、三分之一汤匙盐和两汤匙糖，以及300毫升温牛奶和1000毫升小麦粉，并用力揉搓这碗混合物，待它变成光滑发亮的面团后，用烤盘盖着发酵。

又一个小时后，把发酵好的面团铺到案板上，表面均匀地涂抹液态无盐黄油，再撒上一层可可粉、大量的糖和大约50颗葡萄干。

接着，把面团擀成条状，两端相接，形成一个圆圈，然后压进蛋糕烤模里，在室温下静置半小时后，再用中火烤大约一小时。

最后，把烤模拿出来，稍微冷却，翻转烤模，将烤好的蛋糕倒扣在一个大盘子里，就大功告成了。

奶油圆蛋糕看起来像一个大大的海绵蛋糕，但是切法和味道完全不同。实际上，奶油圆蛋糕是一种点心，但

---

[1] 原文为"1.5分升"，"150毫升"为换算结果，后同。——编者注

在我们家，大家会在餐后配着汤吃，它也就成了正餐的完美补充。随着时间的推移，应女孩们的要求，可可粉层变得越来越厚，葡萄干也越来越多样。渐渐地，奶油圆蛋糕也成为我们的孙辈最喜爱的聚会蛋糕，他们亲切地称它为"外祖母的奶油圆蛋糕"。但是，这里的"外祖母"到底代表谁呢？

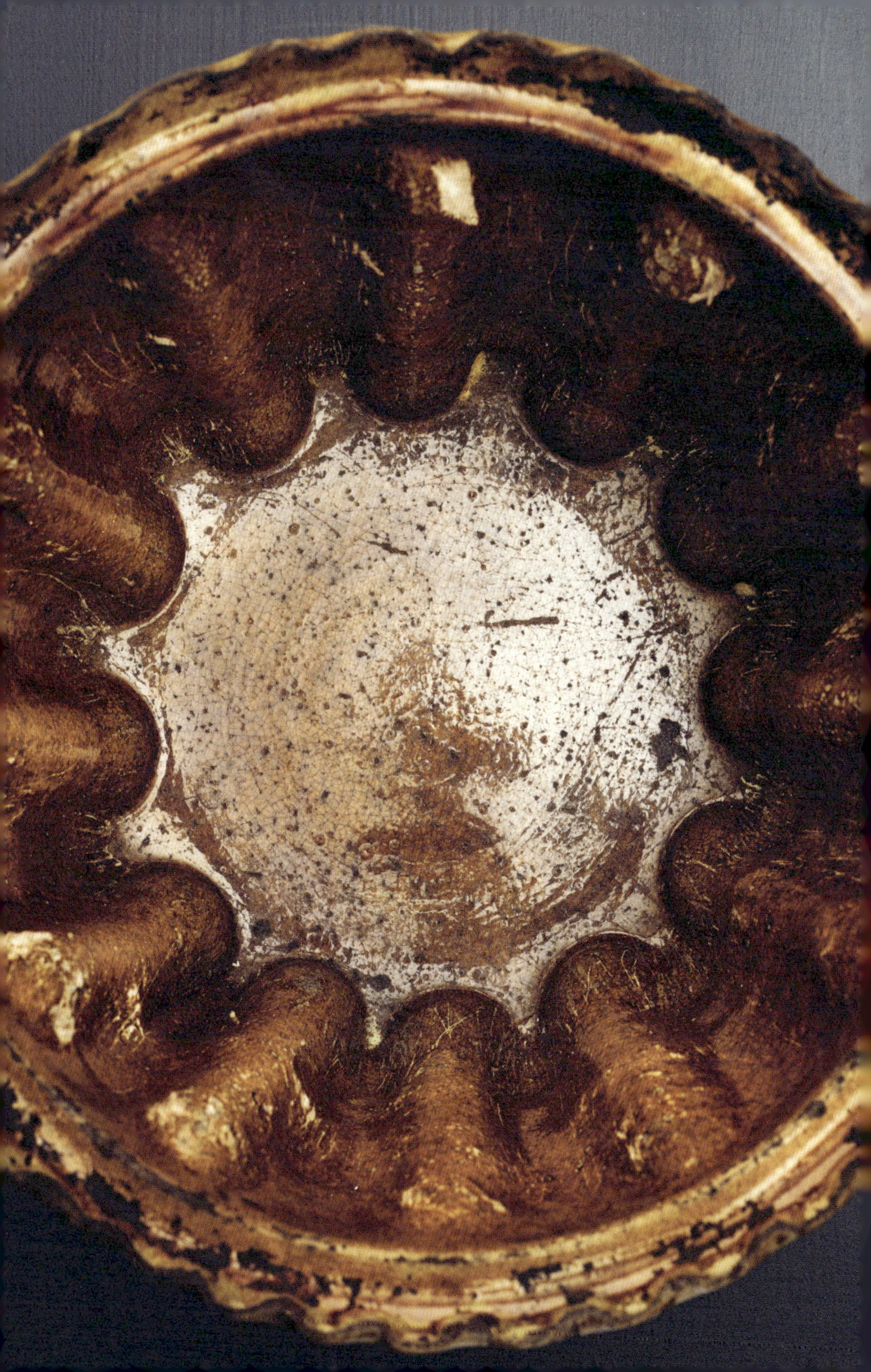

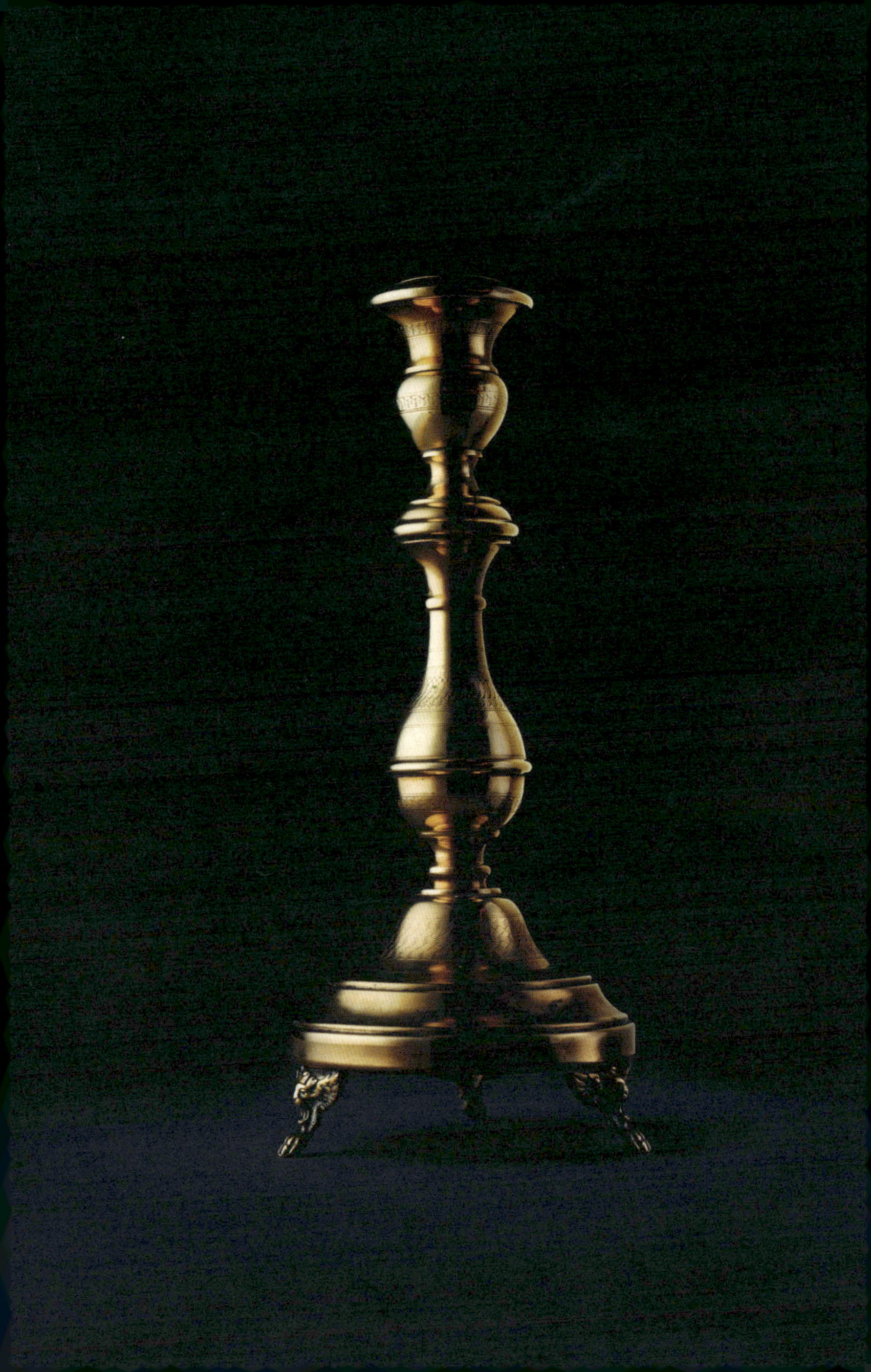

◎
安息日烛台

「约万」

这个安息日烛台就是我和米尔科表弟在外祖父母家废弃的花园里找到的那个,迪娜和我把它放在窗台上。要拿来用总觉得怪怪的,因为在安息日应该点燃成对的两个烛台,而另一个已经找不到了。我还记得过去,每到安息日的晚上,外祖母总会用一根火柴点燃两个烛台上的蜡烛,然后双手捂住眼睛,用希伯来语祈祷。我们其余的人则静静地站在桌子周围，女人戴着头巾，男人戴着普通帽子、贝雷帽或校帽——唯独不见犹太小圆帽"基帕"。

千百年来，犹太人的家庭一直如此。

对我们来说，安息日烛台是犹太人身份的一种象征。从家族历史、文化习惯等来看，我们都是世俗犹太人，安息日烛台不可或缺。于是我和迪娜另外买了两个新的铜烛台，它们样式简朴，与我们家的传统物件大不相同。而作为记忆的载体，窗台上外祖母的烛台则变得尤为重要——它让我时刻铭记犹太家庭传统，以及战前我曾拥有的充满爱的大家庭。

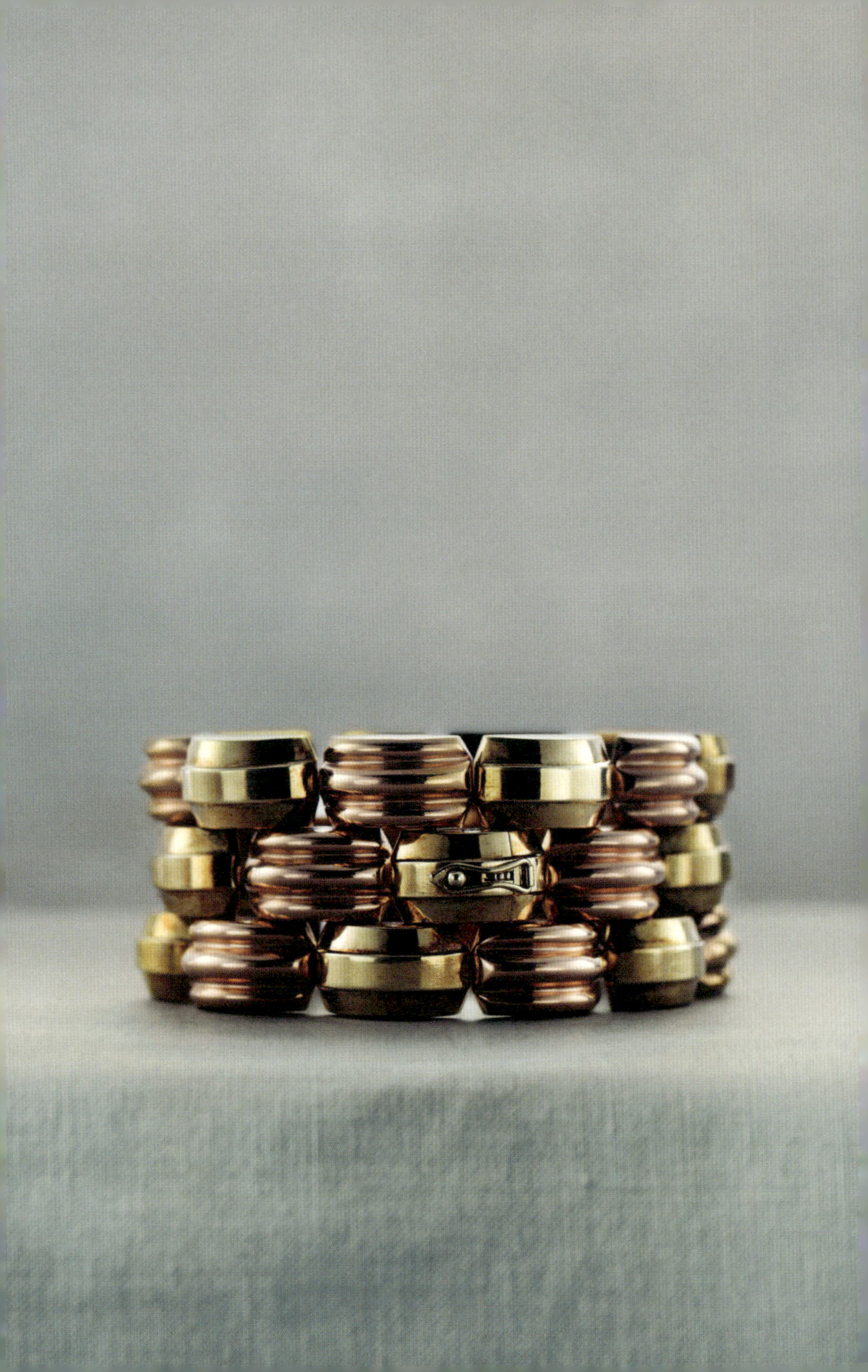

◎

手链

「迪娜」

我记得1941年和1942年之交那个寒冷的冬天，我和米拉姨妈、恩德雷姨父住在一起。那时我母亲正在布达佩斯为我们寻找容身之处。米拉姨妈和恩德雷姨父住在一栋20世纪20年代的房子里，位于诺维萨德的一条主干道上。米拉姨妈和我母亲都来自萨格勒布，在一次亲友聚会中，米拉姨妈遇到了我父亲的亲戚恩德雷——诺维萨德的一名医生。他们很快坠入爱河，米拉姨妈放弃了法学学业，嫁给了恩德雷。

米拉姨妈和恩德雷姨父很恩爱，他们经常拥抱和亲吻。我每次看到，都会跑上前去，故意挤在他们之间，他们就会一起笑着亲吻我。他们没有孩子，我觉得我就是他们的小女儿。米拉姨妈喜欢帮我梳头，做各种发型，还给我戴上发卡，系上蝴蝶结。我总是追随着她的动作，目不转睛地盯着她右手腕上那条美丽闪亮的金手链。

米拉姨妈家的餐厅宽敞明亮，中心是一张大大的棕色餐桌，厚实的方形桌腿牢牢地立在地板上。吃饭时，米拉姨妈总会在我的椅子上垫两个枕头，好让我可以够得着桌上的饭菜。我时常偷偷地踢离我最近的桌腿玩，但只要米拉姨妈严厉地看我一眼，我就会乖乖收回脚。不过平时米拉姨妈和恩德雷姨父都非常友善和热情，我和他们在一起真的觉得很自在。我永远不会忘记那段时光。我也永远不会忘记，当得知他们宁愿服毒自杀也不愿被运往奥斯维辛集中营时，母亲哭得有多么伤心。

战后回来，米拉姨妈和恩德雷姨父的房屋已被一些陌生人占据了。我听到父母和祖父母交谈时说必须想办法进入房屋，还提到了那张粗腿餐桌，但我不明其意。有一天，母亲和父亲、祖父终于获准进入那个房子。他们回来后，母亲从包里拿出一个米黄色的小布袋递给祖母。祖母打开小布袋，把里面的东西倒在咖啡桌上，原来是各种各样的珠宝首饰。她戴上一条珍珠项链，立刻就变得如战前在鲁马时那般端庄。突然，我看到了米拉姨妈的金手链。我什么也没说，但我的目光无法从它身上挪开：它怎么会在这里？—— 那时我还很小，还不知道我亲爱的米拉姨妈再也不会回来了。

后来母亲告诉我，1941年冬天，她和我的祖父母离开诺维萨德去布达佩斯前，把珠宝首饰都留给了米拉姨妈。1944年春，匈牙利的很多犹太人都被驱逐到奥斯维辛集中营，米拉姨妈和恩德雷姨父决定逃离已被匈牙利占领的诺维萨德。临行前，他们拆开大餐桌的桌面，把家里所有的珠宝首饰都放在一条空心桌腿里，然后装好桌面，离开了这里，从此再也没有回来。

战后，最初的日子并不轻松，我们家族之所以能熬过那段时期，全靠积攒下来的这些珠宝首饰。它们被我们一件一件地卖掉，以换取生活物资，唯独米拉姨妈的金手链保留了下来。母亲无法忘记米拉姨妈，自然难以舍弃它。

现在手链留给了我，但我一直没有佩戴使用。这条宽宽的手链由黄金和红金焊接而成，分为三层。有一次我问珠宝首饰商是否可以把它们拆开，做成三条窄的手链——我希望和两个女儿一起拥有米拉姨妈的金手链。但很可惜，这并不可行。

我把米拉姨妈的金手链和一些简单的珠宝首饰存放在同一个盒子里——到了今天，它确实有些过时了。但我会永远把它留在身边，不离不弃。它会让我想起我美丽、可爱的姨妈，想起她的善良，她优雅而温暖的笑容。每次看到她的金手链，我总会沉浸于深深的悲伤和思念之中。

有时我会想，如果战后我们没有回来，米拉姨妈家桌腿里的珠宝首饰会怎么样？我也会想，在战后的欧洲，可能会有多少桌腿或其他藏匿之处从未被打开，而它们的主人已被枪杀、毒死或以其他方式遇害，最后被埋入万人坑中？……

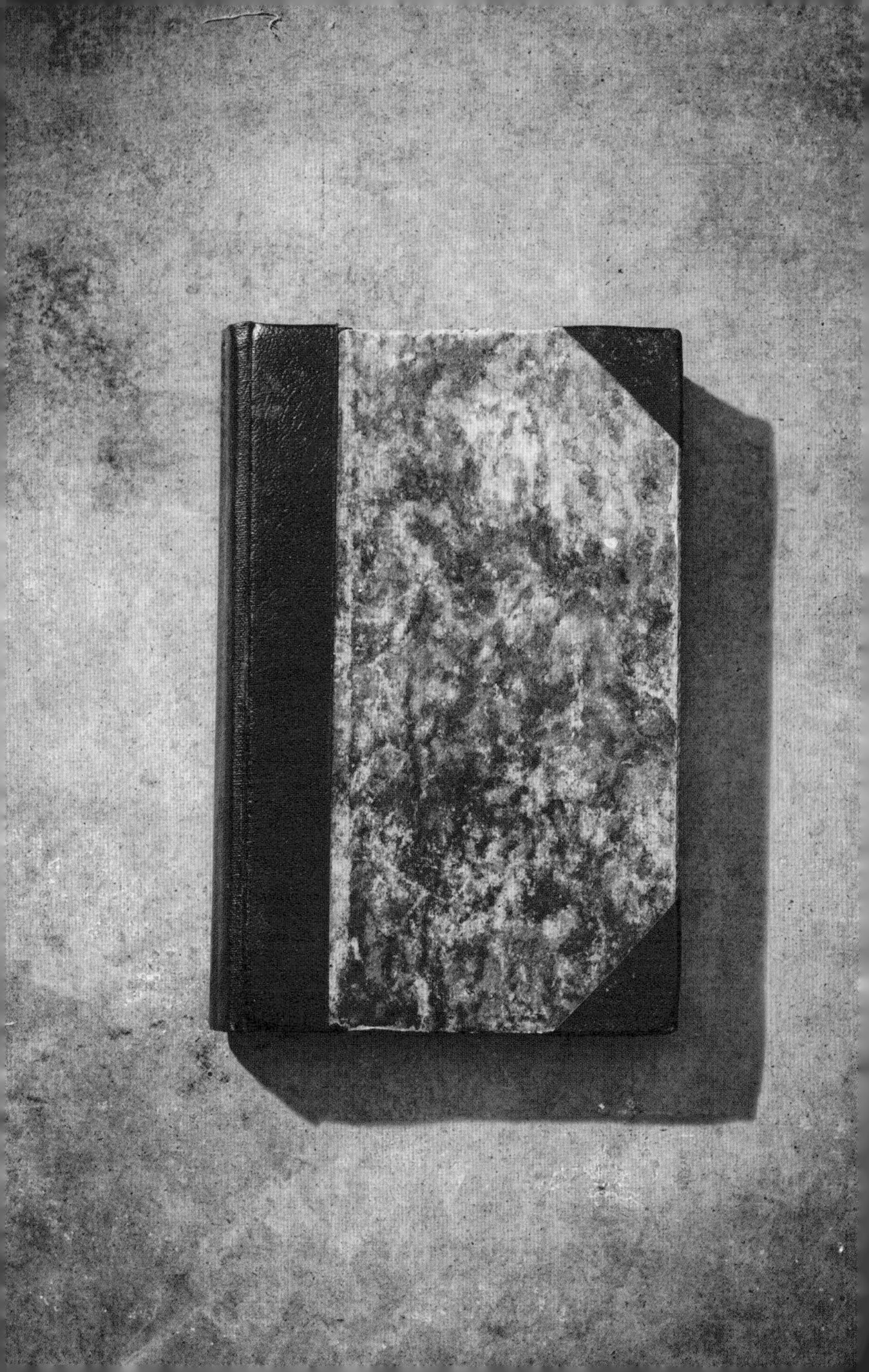

◎

食谱

「约万」

战后回到外祖父母家的第二天,我和米尔科表弟曾跟布拉卡姨父一起清理后院的老马厩。在积满灰尘的旧家具、生锈的手推车、铁锹和耙子,以及挤满新生小老鼠的老鼠窝(浅红色盲鼠和飞奔的灰家鼠)中间,立着一个黄色的大木箱。

木箱十分沉重,我们合力把它抬到茹西姨妈的洗衣房。她掸去木箱表面的灰尘，用湿抹布擦干净。木箱没有上锁，茹西姨妈掀开盖子，我们看到里面有餐具、床上用品、刺绣品、母亲的食谱和其他一些我不记得的物品。显然，这些物品是被刻意保存下来的，人们寄望于战争结束后回到家，继续像德国入侵前一样生活。

这是我母亲的嫁妆箱，茹西姨妈和我都知道，但我们什么也没说。里面的东西完好无损，整整齐齐，就好像昨天刚放进去一样。我当时只有十二岁，由茹西姨妈和布拉卡姨父当作他们的第三个孩子一样照顾——显然不适合保管家人的财物。

母亲的食谱是用匈牙利语写的，是她结婚时外祖父母送给她的。茹西姨妈把它放在厨房的架子上，但从来没有翻开过——她早已会做里面所有的菜了。记忆中，她做过食谱里的几乎每一道美食给我们吃——除了我母亲最拿手的一种芝士蛋糕。无需解释，我明白这是由于姨妈心中难以言喻的悲伤，而这种悲伤来自她对深爱的姐姐的思念。

茹西姨妈曾多次表示，如果有一天我找到一个会说匈牙利语的女孩，她就会得到我母亲的食谱。我真的做到了。

1955年夏天,在沿海城镇罗维尼为我们这些幸存的犹太青年举行的第一次战后夏令营中,我遇到了迪娜。从我见到她的那一刻起,她的形象就深深地印在了我的心里。我从未对任何其他女孩有过这种感觉,无论是那一刻之前还是那一刻之后。一年半之后,我终于鼓起勇气邀请迪娜一起看电影。曾经的战时经历极大地抑制了我的情感表达,但看完电影后,我吻了她。那是1956年12月12日,我正式向迪娜告白。

迪娜懂匈牙利语,但仅限于战时在布达佩斯学到的儿童用语,而且战后她就再也没用过了。茹西姨妈保留了食谱,但是因为她不认可迪娜的匈牙利语还是另有其因——我一直不得而知,也从没问过她。

战争结束五十四年后,八十九岁的茹西姨妈去世了。她的女儿塞卡将我母亲的食谱转交给了我。我翻了翻,在第142页找到了我一直在寻找的食谱配方。这本食谱中还有一些空白页,写满了各种菜肴和甜点的配方,全都是母亲的笔迹。

a zsirral kikent tepsibe, rákenjük a már elkészite hustölteléket s a másik rétest épen ugy elkészitve fö tesszük. Zsirral bekenve jó tüznél sütjük. Lehet azo ban vajas vagy porhanyós tésztából is késziteni husos lepényt. Töltelék nek vehetünk bármilyen hu Legjobb a disznócombja, de lehet borju hus, va szárnyas vagy bármilyen hus maradékból is a tö teléket elkésziteni. Nagyon jó és izletes paprikása tejfelesen elkészitve, de az igazi husospitét megsü megdarált disznóhus, kis zsirban zöld petrezselyei törött bors s 2—3 deci tejfellel elkeverve készitjü Nagyon finom a sonkával töltött pite is a mit azutá hogy kiadóbb legyen, párolt rizssel keverhetünk szinte 2—3 deci tejfelt teszünk közé.

Cseresnye lepény.

21 deka vajat 21 deka cukorral habosra k verünk, 14 deka mandulát, 8 tojássárgáját is keverün hozzá, ugyszintén a 8 tojás kemény habját, 2 szel reszelt csokoládét és 14 deka süteménymorzsát. A fel jól kikent pléhre, melyet liszttel is behintettün tesszük, rászorunk ½ kiló kimagozott sötét cseres nyét, a másik felét rákenjük s jó tüznél de lassa sütjük.

Turós lepény.

Porhanyos tésztából az alsó részét nem egésze megsütni, ½ kiló turót paszirozni, 3 kanál forr tejjel és 7 deka vajjal leönteni, elkeverni, kis só cukrot jócskán, 1 tojást, 4 sárgáját, 5 deka liszte 7 deka mazsolát hozzákeverni. A tésztára kenni, föl a tészta feléből rácsot tenni, fölvert tojással meg kenni s nagyon jó tüznél gyorsan sütni. A porhany tésztát következőképen készitjük: 28 deka liszte

...eszkára teszünk, kissé megsózzuk és közibe vágunk
... deka vajat vékony szeletekre. Összemorzsoljuk,
...gjobb csak késsel, hogy kézzel minél kevesebbet
...intsük s aztán üssünk hozzá 2 sárgáját és annyi
...jfelt egy kanál borral s kevés cukorral, hogy a
...szta jól átnedvesedjen. A tésztának keménynek
...nni nem szabad, a rácsot tojással megkenjük s az
...észet ujból sütőbe tesszük.

Rétesszélének elhasználása.

A rétes körül leszedett tésztát összegyurjuk s két
.nyér közt hideg helyen 2—3 napig is eltehetjük.
.kkor kinyujtjuk egész vékonyra s olvasztott zsirral
.y kenőtollal egészen bekenjük. Sokszorosan össze-
.ajtjuk s fél órai pihenések közt ezt még kétszer meg-
mételjük. Azután kinyujtjuk meglehetős vékonyra,
.ől a tésztából egy tenyérnyit szabadon hagyunk s
.kor egy kávés kanállal három ujjnyi távolságban
.tszésszerinti sürű lekvárt teszünk, fölülről rá hajt-
.k a tésztát, mindegyik dudorodás körül ujjaink-
.al lenyomkodjuk s ugynevezett párnácskát rádli-
.nk körül a kerekcsevel. Igy folytatjuk mig a tészta
.ind elfogyott s azután forró zsirban világos sárgára
.tjük, tálra magasan fölrakjuk és lecukrozzuk.

Vajas tészta.

Fél font vajhoz veszünk ugyanannyi, vagyis 28
.eka lisztet. A vajból egy dió nagyságu darabot le-
.águnk, a lisztből egy kis maréknyit a nagyobb darab
.ajjal, késsel összevegyitjük; tégla formára alakitva
.gre tesszük. A liszt, egy nagy tojás, a kis darab vaj,
.evés só, kis cukor, fél citrom leve, fél pálinkás po-
.árka rum s a még szükséges hideg vizzel, rétes-
.szta keménységü tésztát dolgozunk ki s pár percig

✳ ✳ ✳

「迪娜」

在约万的帮助下,我翻译了第142页的食谱配方。这是一个非常通用的食谱配方,是芝士蛋糕——"恩西母亲的芝士蛋糕":

要制作松软的面团,请遵循以下步骤:
· 将280克面粉倒在案板上,加少许盐,并加入280克切碎的黄油;
· 充分揉面;
· 加入两个蛋黄和等量的奶油、一匙酒和少许糖,使面团具有更好的黏稠度,防止面团变硬;
· 稍微烘烤松软面团的下部,不必完全烤好。

然后执行以下步骤:

- 将用凝乳制成的500克新鲜奶酪捣碎；
- 倒入3汤匙热牛奶和70克黄油并混合；
- 加入少许盐、大量糖、1个鸡蛋、4个蛋黄、50克面粉和70克葡萄干；
- 将以上糊状物铺在一半面团上，并覆盖上用另一半面团做成的网格图案；
- 刷上打好的鸡蛋液，放入烤箱用高温烤一会儿。

"愿上帝保佑你！"我们一起翻译时，我听到约万咕哝道。一翻译完，我就迫不及待地按照食谱烤了一个芝士蛋糕，结果非常成功。

* * *

「约万」

我一眼就认出了这个约五厘米高的方形蛋糕——"恩

西母亲的芝士蛋糕",表面呈网格状,覆盖着许多淡黄色的蛋液。此时此刻,在我和迪娜位于丹德吕德的房子里,一股混合着新鲜奶酪、黄油和葡萄干的香味弥漫开来,就跟六十年前彼得罗夫格勒的泽麦·约维努大街上我家里的味道一模一样。或许你认为我娶迪娜是因为她懂匈牙利语,会烘烤芝士蛋糕。但事情并没那么简单,这中间还有另一个故事。

1957年9月,那时我和迪娜已经交往快一年了,迪娜突然得了流感,在家卧床休息。当时我正要去伦敦参加为期两个月的贝尔格莱德犹太青年俱乐部领导人培训,想在走之前到迪娜家去见见她。但她家里没有电话,我也不便贸然上门拜访。于是我在布拉卡花园买了一束红玫瑰,给了街上一个男孩十元钱,请他把玫瑰交给迪娜,并转交给她一张纸条,问我能不能去看看她。过了一会儿,男孩回来了,他嘴里塞满了吃的,看起来很开心。我得到的回复是:"欢迎你明天下午四点来。"

第二天下午四点,我准时按响了门铃。门开了,迪娜的父母和她的妹妹站在门口,礼貌而好奇地微笑着迎接我。之前我一直避免与他们见面,因为我不想让他们在迪娜面前评论我，无论评论是否正面。他们把我带到迪娜的房间里，她安静地躺在床上，完全没有力气跟我打招呼。我在她旁边的一把扶手椅上坐下来。她的父母和妹妹也待在房间里，父亲坐在另一把扶手椅上，母亲坐在床边，妹妹则坐在一把餐椅上。

事情就这样发生了！迪娜的母亲邀请我品尝新鲜出炉的芝士蛋糕。这些蛋糕块也是方形的，但比我母亲以前做的更小、更平整。我吃了一块，那是我自1941年——也就是我八岁那年——以来吃到的第一块芝士蛋糕。它口感有点干，气味不如我记忆中迷人，但它确实是芝士蛋糕。我吃了另一块，然后又吃了一块。我每多吃一块，迪娜的母亲利亚看起来就多一分高兴。

第二年夏天，迪娜和我结婚了。后来，我当年的到访和利亚母亲对我的"芝士蛋糕款待"成了她的家人反复提及的趣事。芝士蛋糕随后也因此被称为"傻瓜蛋糕""诱饵蛋糕"。

现在，每年我生日那天，迪娜都会根据我母亲留下来的食谱第142页的配方烤制芝士蛋糕。她严格遵照食谱，蛋糕总是烤得很成功。

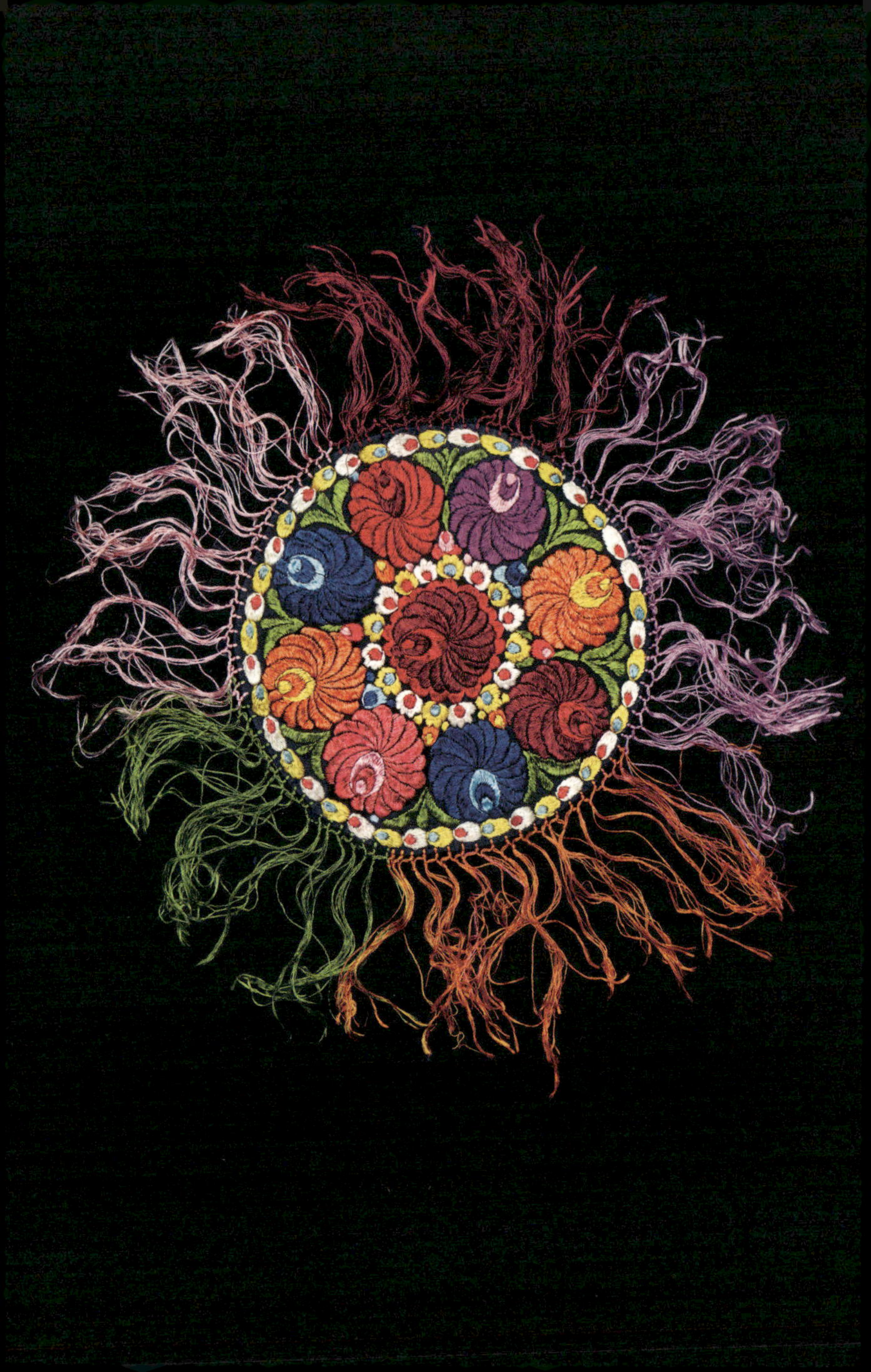

丝绸桌布

「迪娜」

1971年，约万和我去布达佩斯参加一个会议。在那里，我回忆起曾经经历的战争岁月，想去看看位于勒沃尔代广场的一栋房子——战争期间我和母亲曾居住过的地方。当时我的教名叫玛丽亚，我也被称作玛丽卡——小玛丽亚。当时，这间带家具的房屋是我们向艾因菲尔德一家租来的。拜访前，我给房东内尼阿姨和贝奇伯伯打电话,用匈牙利语说明了来意。

约万和我一起来到这栋房子前,上了楼,只见前门上还写着"艾因菲尔德"这个姓氏。我按响门铃,一个年轻女人打开了门。听完我简短的自我介绍后,她将我们请进了门。再次走进那个陈设破旧的房间,我不禁打了个寒颤,房间的墙壁和家具见证了战争期间这里所发生的一切。艾因菲尔德夫人、我们当时的女房东——我亲爱的内尼阿姨仍然活着!但她年事已高,身体虚弱,正卧病在床。一看到我,她便低声叫道:"利亚!"——那是我母亲的名字。是的,我们上一次见到她时,母亲和现在的我差不多年纪。当时战争结束了,我们正要返回南斯拉夫。

我走到床前,拥抱了内尼阿姨,送给她一盒我从瑞典带来的阿拉丁巧克力。"要是贝奇还在就好了。"当我坐在床边握着她的手时,她叹了口气说。我还清楚地记得贝奇伯伯的样子,他又高又瘦,过去常常拄着拐杖弯着腰向前走着,总是穿着灰色西装,搭配着背心、白衬衫和领带。他是匈牙利犹太人,不像我们是来自别国的难民。匈牙利犹太人起初不必躲藏,因此他们一家一直没有伪造身份证件。然而1944年春天,德国人进驻他们的盟友匈牙利,开始将所有的犹太人从农村驱逐到奥斯维辛集中营,并于秋天在布达佩斯集中杀害了他们。我永远不会忘记那年深秋,当贝奇伯伯被一个箭十字党党徒带到多瑙河,与无数犹太人一起被配备了手榴弹的浮冰守卫射杀时,内尼阿姨和我的母亲痛哭的情景。

当我和约万走下宽阔的螺旋楼梯时,我看着手上那块略有光泽的小圆布,想起内尼阿姨说的话:"还有印象吗?这是我自己绣的。"

泪水顺着脸颊流下来,我沉浸在对这块绣花布最后的记忆里。1944年秋天,我母亲经常不在家,要么去工作,要么去给我生病的祖父母送食物。他们被关在一所戒备森严的房子里,门上挂着一颗黄色的大卫之星——表示这是一个犹太人区。

一天,在我母亲离开之前,我听到她对内尼阿姨说:

"亲爱的内尼,如果我发生什么不测,你能答应我一件事吗?"

"我会照顾好小玛丽亚的。"内尼阿姨马上回答道,像是一眼就看穿了母亲的心思。

我似懂非懂,并不理解我母亲说的"发生什么不测"是什么意思。内尼阿姨抱了抱我,把我带进厨房。和往常一样,她拿出刺绣,我坐在餐桌旁的木凳上,用蜡笔画画。内尼阿姨用各种不同颜色的丝线,在一块小圆布上绣着花纹。我羡慕地看着这些色彩鲜艳且略有光泽的图案。圆布上渐渐形成了一朵朵红的、绿的、蓝的、黄的、紫的等各种不同颜色的大花,我被深深地迷住了。

现在它就在我手里。那些曾令我着迷、略泛光泽的色彩,唤起了我对人生中至暗时刻的回忆。那段时间,很多犹太人被驱逐到集中营和灭绝营,我和母亲不得不东躲西藏,天天担惊受怕。我们被反反复复地审问,有时还受到枪支威胁,警笛声和爆炸声更是不绝于耳。除此之外,我们还经常挨饿。

当然,这块小小的丝绸桌布也承载着很多美好的回忆,那是我生命中的光。在那个人人自危的特殊时期,内尼阿姨和贝奇伯伯不顾风险,收留了我们这些犹太难民,待我们就像自己的亲人一样。我不记得我们是怎么和他们联系上的，只知道自己以前并不认识他们。尽管藏匿犹太人可能会危及生命，他们仍让我们和他们住在一起。内尼阿姨和贝奇伯伯以行动诠释了一个事实——即便是在最黑暗邪恶的时期，也会有好人。

◎ 地砖

「迪娜」

在我书房的书架上，有一块三角形的红色地砖，我时不时地会看着它，陷入回忆里。

它来自我的家乡鲁马——自从1941年春天德国军队占领了这个小镇之后，我就再没回过那里。当时，当地的德国指挥官警告我祖父尽快离开以免遇害，我们便匆匆逃离了那里。

六十三年后,我决定写一本关于大屠杀期间童年生活的书。我想起小时候家里的一些情况,记得那时我们住在一栋单层房子里,房子狭长,有几扇窗户临街。我记得花园里开满了芬芳的花朵,还有一个铺着红色地砖的大阳台。夏天,我总在装满温水的锡制浴缸中沐浴。浴缸就放在阳台栏杆旁边,栏杆上覆盖着各种颜色的攀缘花,散发着迷人的芳香。我总是光着身子站在栏杆旁,看着保姆范妮往浴缸里倒满水,先是冷水,然后是热水——她在厨房的柴炉上烧好热水,然后舀入一个大平底锅里,再端着锅往浴缸里倒水。一切就绪,我躺在浴缸里,高兴地拍打着水面,看着溅起的水花大笑着,而浴缸周围的红色地砖变得湿漉漉的,更红了。

准备写自传时,我想重拾记忆,所以鼓起勇气回到了鲁马。恰逢集市日,主街道上挤满了小摊位,摆放着当地的各种工艺品、自制蛋糕和糖果。一瞬间,我被浓浓的思乡之情淹没。然而为什么会这样呢?——我几乎不记得这座舒适的城市,对于战前的生活,也只剩一些零星的记忆,比如和祖父母一起吃安息日晚宴,步行到犹太教堂。

我们的老房子空无一人,看起来像是被遗弃很久了。

房屋加高的外墙、面向街道的窗户，依然是我记忆中的模样——除此之外的一切似乎都比我记忆中的小。我去看了花园，以前散发着芳香的花坛，现在杂草丛生，裂痕遍布。然而阳台的地砖竟然仍是记忆中的砖红色，这令我不敢相信自己的眼睛。有人告诉我，这里状况不佳，房子就要被拆除了。于是我捡起一块松动的地砖，带回了家，放在书房的书架上。

现在，这块红色地砖是我儿时的家里唯一保留下来的东西了。有一次我把它带到浴室，往上面泼了点水，它立刻变得更红了，就像我小时候洗澡和玩水时一样。这让我想起我们匆忙离开鲁马时的情景。

我想到了那位善良的当地德国指挥官，听说他后来在东线阵亡了。如果当时他没有警告我们，祖母、母亲和我一定难逃和其他犹太妇女和儿童一样在巴士上被毒气毒死的厄运，而祖父也会和鲁马其他的犹太男人一样在亚塞诺瓦茨集中营被杀害。这位指挥官是德国人，但他的所作所为却完全不同于那些纳粹分子。这也说明了一件事，那就是对任何一个种族都不应一概而论。

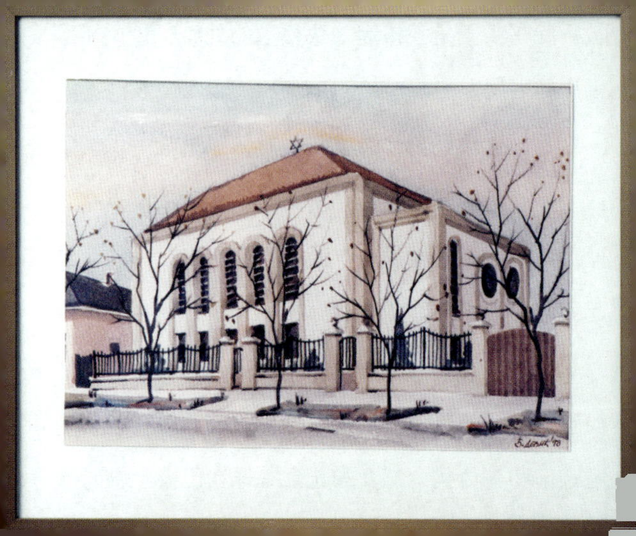

水彩画

「迪娜」

我的卧室床边的墙上,挂着一幅用铜制相框裱起来的画。

这是一幅以温暖的棕红为主色调的水彩画,画面主体是一栋两层式建筑,二楼有五扇加高的拱形窗户。从房子的红瓦屋顶之上隐约可见的大卫之星可以知道,这是一座犹太教堂。

每当我看着这幅画，就仿佛看到我优雅的祖母戴着珍珠项链、梳着发髻，我的祖父穿着深灰色的西装和背心，两人手挽着手走向教堂的情景。后面跟着的是母亲、父亲和我。我们都穿着最体面的衣服，祖父和父亲戴着他们的黑色聚会帽。我蹦蹦跳跳地跑在他们前面，一直到教堂大门前才停下来。那天是赎罪日？或是犹太历5701年（即1940年）的新年？我已经记不清了，只记得我们从犹太教堂的高门走进去。我和祖母、母亲一起上楼，坐在阳台上的女人们中间。母亲把我抱起来，我低头看着坐在楼下的男人们，认出了祖父和父亲的帽子。这听起来不像一段记忆，更像一个白日梦。然而这就是我们战前的生活。

2003年，在鲁马曾经的犹太教堂门前的街道上，当地历史学家博齐达尔·保科维奇将这幅水彩画送给了我。他还带我去看了这座修建于1936年的犹太教堂的遗址，这座建筑仅存世七年。围栏后面现在只剩下一块黑色大理石牌匾，上面写着："1943年，纳粹和乌斯塔沙人拆毁了这座犹太教堂，就地建立了集中营，直至战争结束。"

这幅水彩画提醒人们，在战争到来之前，鲁马曾有一个犹太教堂，犹太人会在那里庆祝他们的节日。战争结束，这座被拆毁的犹太教堂也已失去重建的意义，因为鲁马已经没有犹太人了。

我喜欢这幅水彩画。对我来说，这是我的家乡的象征，也是战前居住在鲁马的249名犹太人的象征。但是，在大屠杀期间幸存下来的19人中，没有一个回到这里居住。是的，没有人愿意回到这让人感到孤独而又悲伤的失落之地。

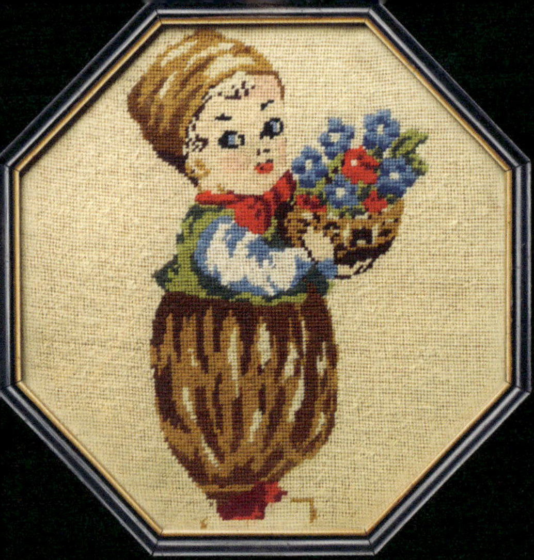

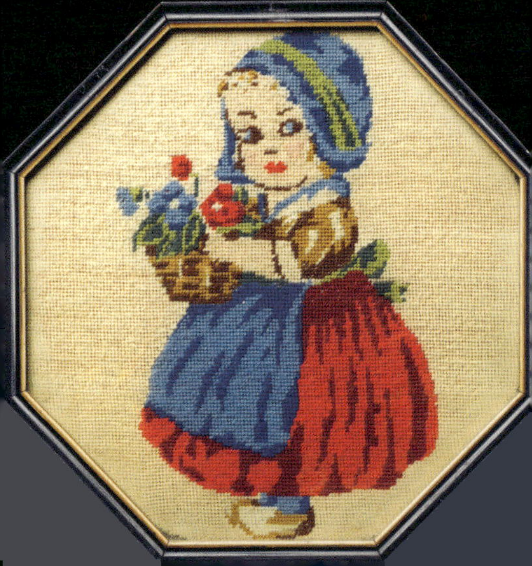

刺绣品

「约万」

我一眼就认出了母亲嫁妆箱里的那些刺绣品,那是她亲手制作的。其中两幅镶嵌在八角形的画框中,各绣着一个男孩和一个女孩,他们都穿着荷兰民间服装——这两幅刺绣品战前挂在我的哥哥久里察和我的儿童房。还有两幅刺绣品镶在巨大的长方形画框里,背景都是广阔的田野,一幅绣着三位正在拾稻穗的妇女;另一幅绣着一对夫妇,他们结束了一天的劳作,正在默默祈祷,远处是一座教堂。第五幅刺绣品最小,但框架最大,里面绣着一位老犹太人正在读《摩西五经》的画面。后面三幅刺绣品挂在我父母的卧室里。

20世纪30年代,我母亲感染了肺结核,在斯洛文尼亚托波尔希卡的一家疗养院接受治疗。当时,我的哥哥久里察和我与外祖父母住在一起。在那段时间里,呼吸阿尔卑斯山的新鲜空气、卧床静养、合理膳食,结合这三种疗法,我母亲的病情大有好转。在战前的最后两年里,她曾数次回到彼得罗夫格勒的家中。她告诉我们,在疗养院,平日里她和其他病人总是在阳台上躺着或半坐着,全身裹着厚厚的羊毛毯子。那时她最大的爱好就是在预印模板上刺绣,其中大多数模板是由世界著名画家的画作制成。每次我母亲从疗养院回来,都会自豪地展示她的最新作品。她送了一些给亲戚和朋友,但保留了她最喜欢的那些。父亲请这座城市最好的装裱师贝诺把它们裱起来,黑色闪亮的画框使这些刺绣品显得熠熠生辉。

战后,茹西姨妈将长方形的两幅和绣有老犹太人的刺绣品挂在她的卧室床头柜上方,布局就和放在我父母的卧室时一样；而那两幅绣有荷兰儿童的刺绣品则被她收了起来。直到我和迪娜结婚时，茹西姨妈才把这两幅珍藏的刺绣品拿出来，作为新婚礼物送给了我们。这份礼物让我兴奋不已，我开始越来越多地回想起它们被挂在儿童房里时的往事。

小时候，曾有人告诉我，我母亲一直想要一个男孩和一个女孩。我哥哥久里察的出生符合期望，但我的出生却令人失望——当时我母亲只准备了粉红色的婴儿服。好几天她都不想见我，但很快就改变了态度。在我的记忆里，她是世界上最善良、最慈爱的母亲，唯有一件事让我感到不解：在我五岁时，母亲完成了那两幅男孩和女孩的刺绣品，然后把男孩的刺绣挂在我哥哥久里察的床头，却把女孩的刺绣挂在我的床头。从此，久里察哥哥就经常用不同的女孩名字来取笑和称呼我，总要等到我哭，他才会停。长大后，我把童年早期的这个创伤告诉了迪娜，但她只是笑了笑。

这两幅刺绣品现在就挂在我们的床上方。一开始，我们常常看着它们，讨论所有的细节：男孩棕色的帽子、蓬松的裤子、浅蓝色的衬衫、红色的围巾和袜子，女孩蓝色的帽子、带围裙的百褶裙、棕色的上衣和袜子；他们都穿着典型的荷兰木屐，每个人都拿着装满鲜花的柳条篮子；根据衣服的褶皱和阴影，颜色会发生深浅变化，这一切都源于我母亲的艺术敏感和大量的细致工作。

随着时间的推移，我渐渐觉得这个男孩很像我的哥哥久里察——他们都有一双大眼睛。诚然，哥哥久里察的眼睛是棕色的，刺绣品中男孩的眼睛是蓝色的，但他们的眼神却如此相似。我在想，这是我的想象，还是母亲绣的确实就是我的哥哥久里察？至于那个女孩，不管我怎么看，都觉得她一点也不像我。母亲可能绣了一个想象中的女孩——就是她一直想要的那个。

我告诉迪娜，我母亲一定会非常喜欢她，因为母亲现在终于通过我的婚姻拥有了一个她期待已久的女儿。

我问茹西姨妈，可否将母亲的另外三幅刺绣品也送给我，她只是简短地说："你母亲也是我姐姐。现在它们是我的。"

我没再争取。直到茹西姨妈去世后，我才从她的女儿塞卡那里得到了那三幅刺绣品，还收到了我母亲的食谱和枕套。她原本还想让我接管我母亲的嫁妆箱，但我拒绝了。我们的公寓狭小，实在不适合存放大物件。

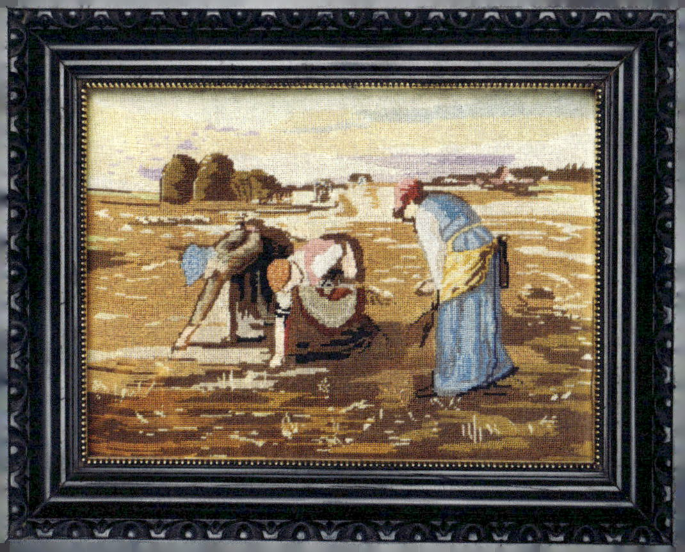

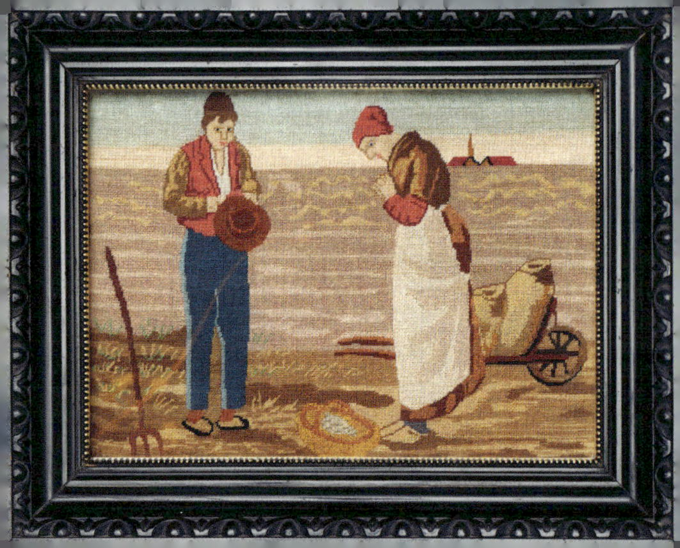

* * *

「迪娜」

当约万带着塞卡表妹送还的三件刺绣品回到家时,我非常高兴,现在恩西母亲漂亮的作品终于可以装饰我们的家了。

记得1958年2月,我第一次走进贝尔格莱德普里卡上校大街上那幢漂亮的房子,那时我刚满二十岁,约万的家人热情地接待了我。我喝了咖啡,吃了茹西姨妈做的美味的罂粟籽蛋糕,然后她带我参观了房子。

在卧室门口,我看到了两幅绣着田野中的男男女女的刺绣品——分别仿自法国画家米勒的作品《拾穗者》和《晚祷》。我之所以会知道这一点,是因为当时我凑巧正在修读建筑教育专业,而艺术史是其中非常重要的学科。那段日子,我每天泡在艺术学院的图书馆里,研究大而厚的艺术书籍中的绘画。我非常喜欢19世纪的法国画家，如库尔贝、米勒和多米耶。因此当我看到这两幅仿自米勒的刺绣品《拾穗者》和《晚祷》，看到画中在田间劳作后为穷人祈祷的夫妇时，我一下子就被迷住了。见我目不转睛地盯着这些刺绣品，茹西姨妈告诉我这是约万的母亲绣的。

而另一幅刺绣品同样让我挪不开视线——一位裹着头巾的老犹太人，面朝耶路撒冷，正在阅读《摩西五经》。这幅刺绣品的模板可能仿照了荷兰画家伦勃朗或他某个学生的画作。

现在这些刺绣品全都挂在我和约万的家里，我经常观察它们，并注意到一些细微的差异。男孩和女孩相对比较粗糙，它们是用纱线绣制的；其他的几幅都是用细线和小针脚绣制的，也就是采用了所谓的小点针迹技术。由此可见约万的母亲是有多么令人钦佩的耐心啊！

恩西母亲的刺绣品给我们冷清、现代的家居环境带来了一丝温暖，也让我们在远离家乡的瑞典找到了家的感觉。我留意到，约万每次看到它们都很高兴，他也非常乐意向客人展示它们。

《老犹太人》现在挂在我们的小女儿玛雅的卧室里，

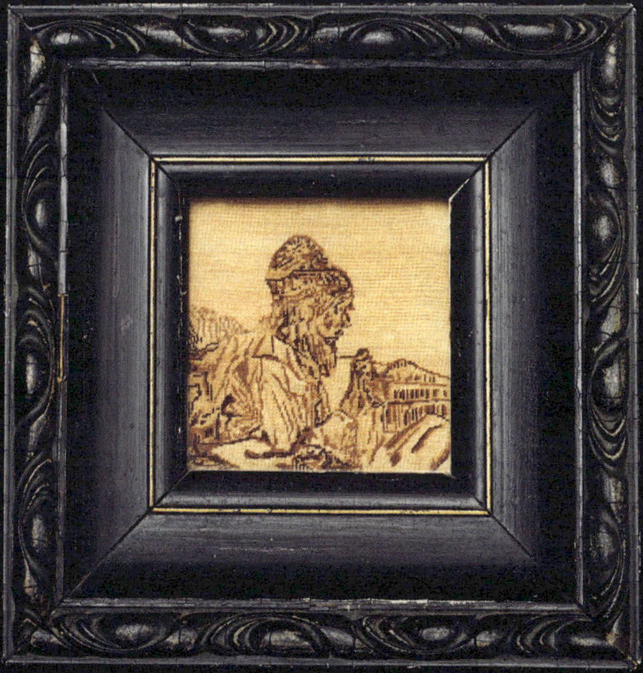

她从床上一抬头就可以看到它。有一次我问她对这幅画有什么感觉,她伤心地回答:"这是我拥有的唯一与祖母有关的东西,真可惜我从未见过她。"

对她来说,这幅画营造了一种历史感和家庭归属感,也时刻提醒她牢记自己的犹太人身份。她总是戴着一条项链,吊坠上面刻着"CHAI"字样。在希伯来语中,"CHAI"意为"活着"。

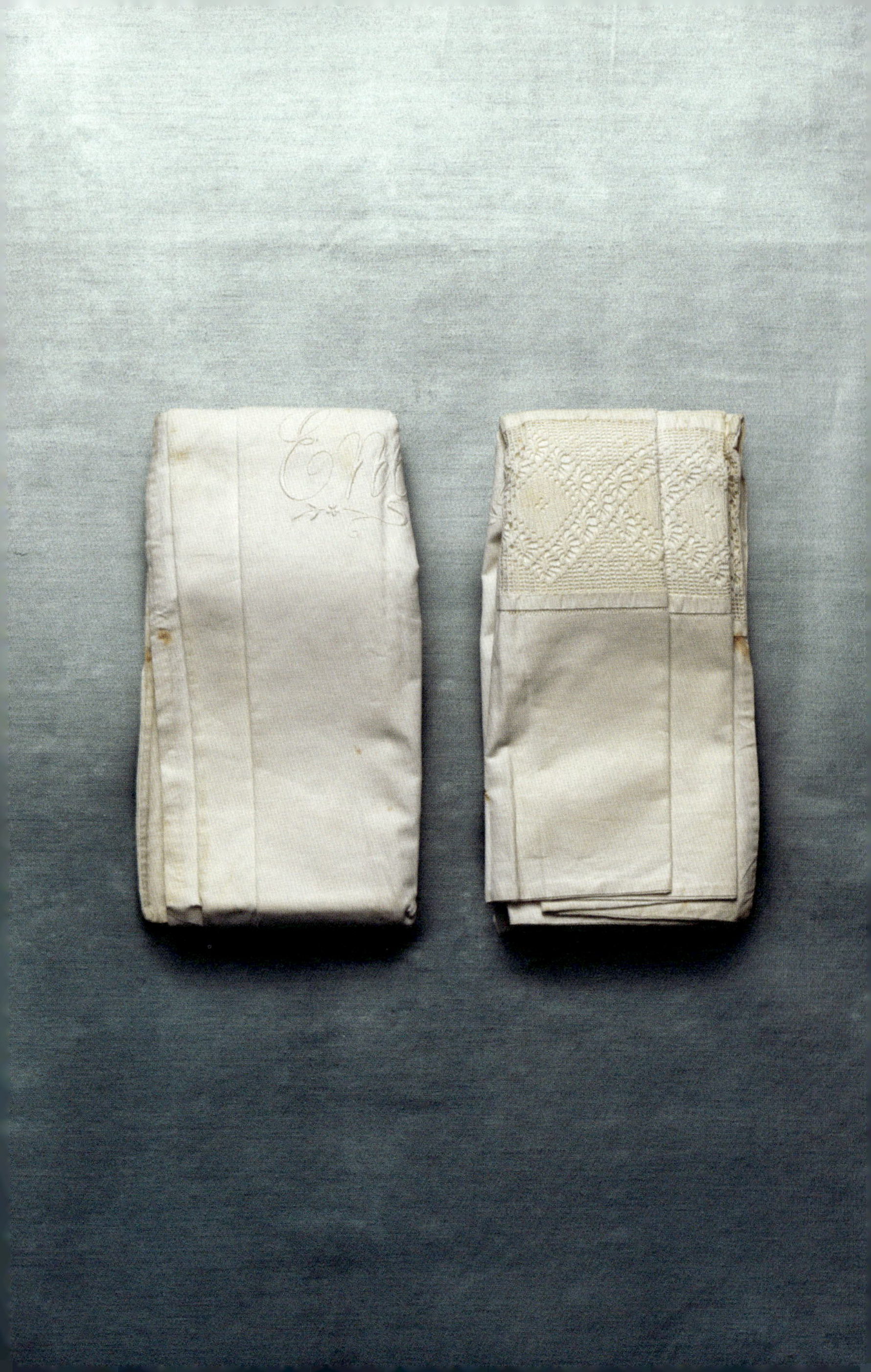

◎ 枕套

「约万」

母亲嫁妆箱里保存着一些床上用品，其中那对枕套尤其吸引我。它们仍然是1941年5月我们被带到国防军军营之前留下时的模样：纯白色，有三道平行的折痕。枕套平平整整，可能是由母亲自己，也可能是在母亲的指示下，由我们的匈牙利女仆玛丽斯卡折叠压平的。枕套中部有母亲的名字，字体优雅，是由母亲或她家乡帕代伊（位于塞尔维亚伏伊伏丁那省北巴纳特州的一个村庄）的朋友在准备母亲的嫁妆期间绣上去的。这是那时候的风俗习惯。

我记得母亲的衣橱里总是放满了整齐的床单、被罩、枕套和其他一些床上用品，闻起来还有些许淡淡的香味。母亲过去常常买回一些装满干薰衣草的小布袋，放在床上用品之间，当她打开衣橱时，淡淡的香味就会在房间里弥漫开来。

战后，这对枕套从没见茹西姨妈拿出来用过，我不知道原因，也不知道它们被收在哪里。直到茹西姨妈去世后，她的女儿塞卡才把它们交给了我。经历了岁月的洗礼，枕套已经有些泛黄，除此之外，它们看起来仍像新的一样。迪娜和我用了其中的一个，而另一个仍保留着我母亲把它放进嫁妆箱时的样子。嫁妆箱里的其他床上用品，我们也继续用着，清洗干净后也会把它们叠起来，就像叠我们自己的其他床上用品一样。

那个没用过的枕套，我们把它存放在我们的衣橱里，按照它原本的三道平行折痕叠放着，跟我母亲留下它时一模一样。我打算等到我即将告别人世时，再将它展开。到那时，我会把头靠在母亲的枕套上，这样我就能离她更近一些了。

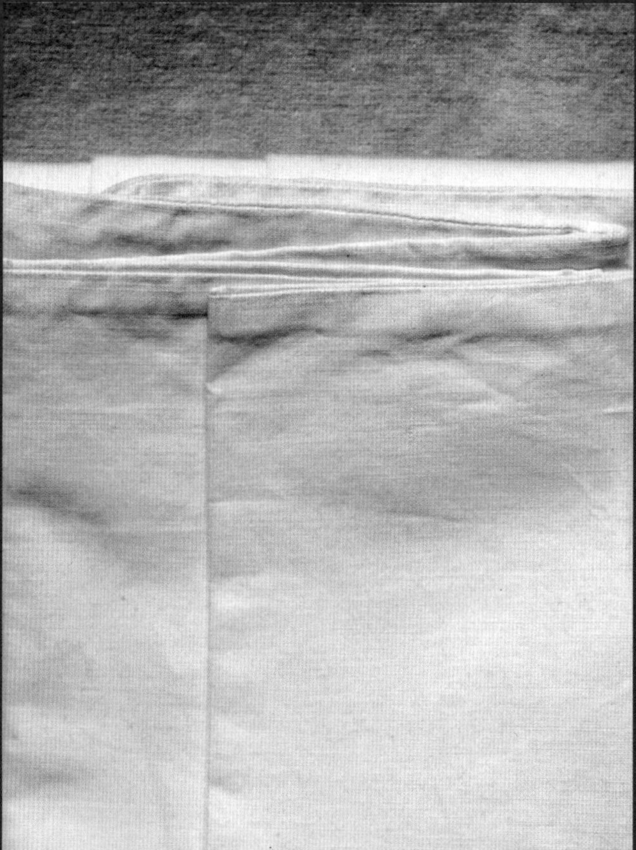

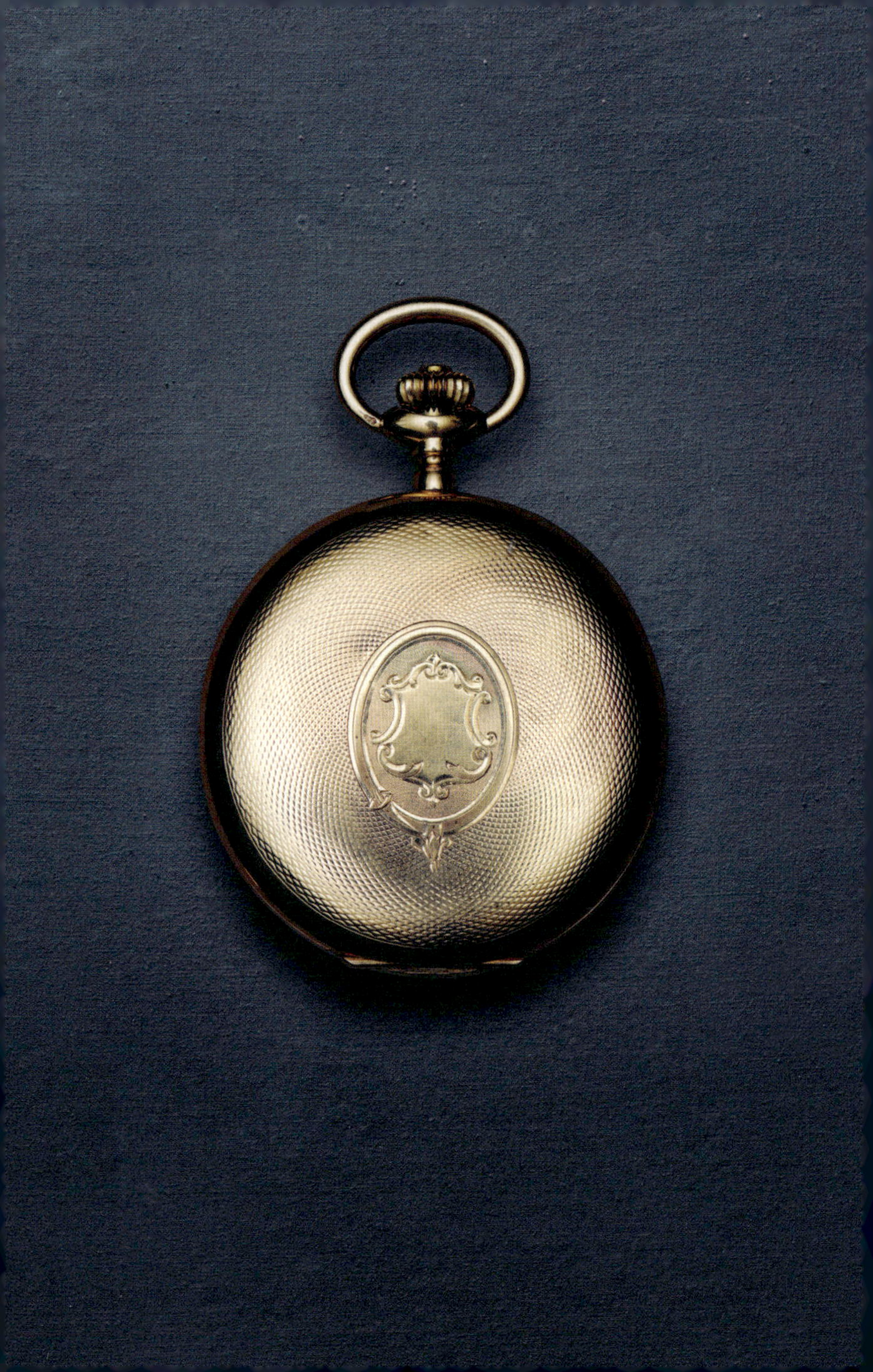

◎
怀表

「约万」

在彼得罗夫格勒的犹太人被赶出家门,搬到国防军军营前,父亲把他的金怀表留给了我的茹西姨妈。显然,他知道当时如此珍贵的东西放在他口袋里是不安全的。

早在父亲的书店生意刚开始有些起色的时候,我父母就买下了这块怀表,这样在接待顾客时,父亲就会显得更体面一些。战后我回到彼得罗夫格勒时,茹西姨妈把这块怀表交给了我。当时我没有佩戴它——一个中学生是不会在胸前口袋里揣着块金怀表去上学的。即使现在成年了,我也并不想佩戴它。因为这种怀表已经过时了,而且样式老气,戴着它就像一个活在上世纪的老大爷。

1958年5月,当茹西姨妈和布拉卡姨父为我的订婚宴做准备时,我感到很不安,因为我意识到这对他们来说又是一笔不小的花费。于是我找到一位制表师,请他对父亲的怀表进行估价,他估价为七千第纳尔(当时南斯拉夫通用货币单位)。我把怀表送给了茹西姨妈,希望可以适当弥补自己一直以来给她和布拉卡姨父带来的额外经济负担。她接受了怀表,但订婚宴一结束,她就又还给了我。

事实上,父亲的怀表经常出毛病。每次给它上紧发条后,总是只过几个小时就停了。在塞尔维亚和瑞典,迪娜都曾多次送修,但所有的钟表匠都说了同样的话:这么旧的怀表是不可能修好的。尽管如此,迪娜仍然坚持要我保留怀表,还给它配了一条镀金的表链。她说当我作为一名教授,穿着晚礼服去参加卡罗林斯卡学院(瑞典著名的医学院)著名的论文答辩晚宴时,可以戴着这块金怀表。就我个人而言,我更希望在迪娜和我受邀参加的在斯德哥尔

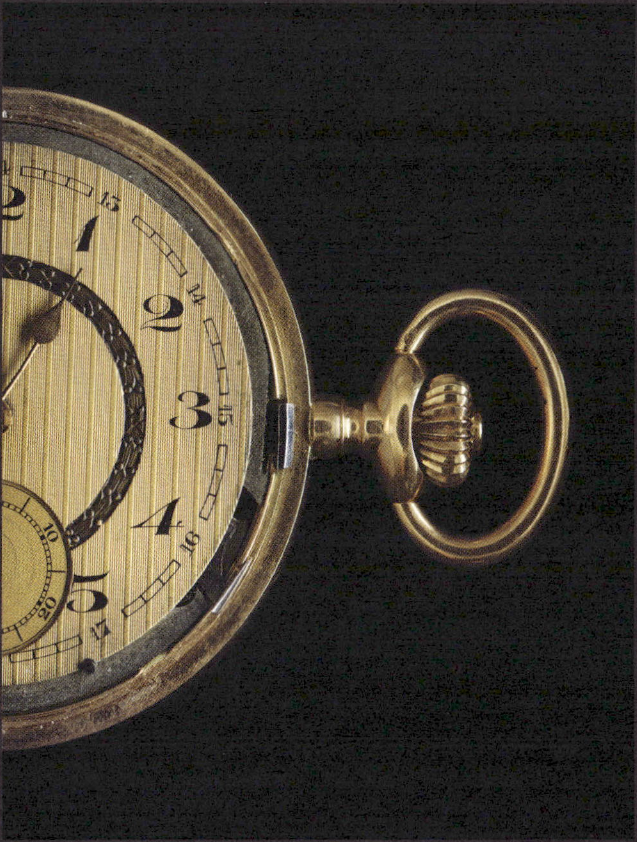

摩市政厅举办的诺贝尔奖晚宴上,父亲的怀表能在场,我相信那一定会很喜庆:当我和迪娜在金色大厅跳舞时,父亲会微笑地看着我们。

但是,无论是在诺贝尔奖晚宴上还是在卡罗林斯卡学院的论文答辩晚宴上,我都没有佩戴这块怀表。因为我担心有人会关注它,询问它的来源。而我并不想在这种聚会场合告诉任何人,怀表的原主人在大屠杀期间被屠杀,甚至连坟墓也没有。接下来当然避不开后续的各种话题。不,这不是我能应付的,在聚会上应该做的是跳舞。因此,父亲的怀表多年来先是放在银行的保险柜里,后来又转移到我们自己的保险箱里存放。

每次从保险箱里拿东西,我总会看到父亲的怀表。我总会把它放在掌心,静静地看着它。我转动发条,打开盖子又合上。我把它拿起来,放在耳边,想象着我听到的声音和从前父亲听到的一样。就这样,我把怀表贴在耳边,久久难以放下。

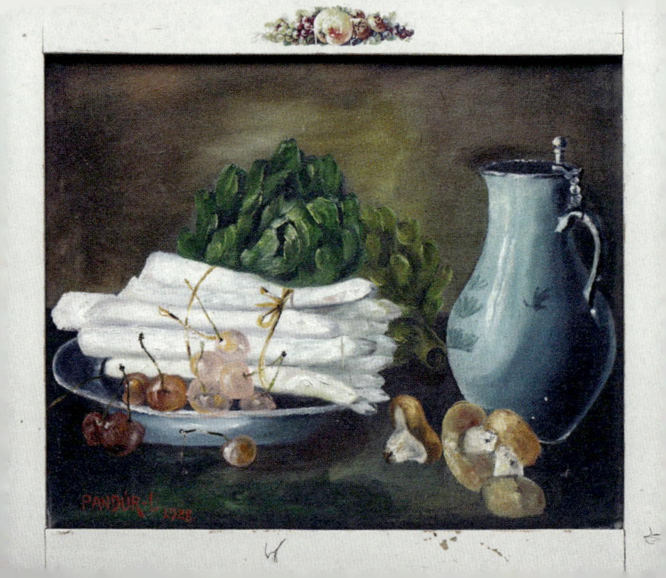
PANDÚR-L

◎ 静物画

「迪娜」

我们家几乎所有的人都在大屠杀中丧生了，活下来的几个大人都很疼爱我，因为我是唯一幸存下来的孩子。战后一年（即1946年），我的妹妹米拉来到了世界。但在1951年，我的祖父母都去世了。从那以后，我们这个小家庭就像居住在贝壳里一样独自生活。我和约万一样，小时候没什么亲戚。我想念阿姨、叔叔和堂兄弟姐妹，尤其想念我的外祖父母。母亲常说，如果那时他们还活着，我就可以多去陪陪他们，而不用总待在家里了。

1953年5月，当我满十五岁时，我受邀与外祖母唯一幸存的妹妹，即我的奥尔加姨婆一起过暑假，她和她的丈夫欧根住在克罗地亚的卡尔洛瓦茨。不知怎么的，我总觉得自己是回家乡去见外祖父母的。

我和奥尔加姨婆、欧根姨爷一起过了一个美妙的暑假。我们在科拉纳河中沐浴，观赏普利特维采瀑布，还游览了位于斯洛文尼亚共和国境内著名的波斯托伊那溶洞，观察那里的钟乳石和石笋。一天下午，我们还去电影院看了一部令人难忘的瑞典电影——《莫妮卡的夏天》。

奥尔加姨婆告诉我，我的外祖母罗扎在施赖伯家族的六个兄弟姐妹中排行老大，自从他们的母亲突然去世后，她就像母亲一样照料其他兄弟姐妹。她确保每个人在学校里都干净整洁、穿着得体，指导他们完成家庭作业，并为他们烹制世界上最美味的食物。我常常按照奥尔加姨婆从我外祖母罗扎那里学到的食谱来做炖菜和烤蛋糕，奥尔加姨婆还教我如何为客人摆好餐桌。在她那通风良好、装饰精美的餐厅里，墙上挂着几幅油画，其中一幅裱在一个老式的白色手工画框里的静物画，是我的最爱。应我的请求，奥尔加姨婆买来画纸和颜料，我仿照这幅静物画，画了一个蓝色水壶、一些芦笋和樱桃，它们看起来就像真的一样，让人很有食欲。

"你和你可爱的外祖母罗扎品位一样，"奥尔加姨婆说，"这幅画是我结婚时她送给我的，因为我和她在一起时总会盯着它看。"

奥尔加姨婆回忆说，曾经有一天，萨格勒布美术学院一个贫穷的年轻学生按响了我外祖母罗扎家的门铃。他需要学费，于是请求她买下他的一幅画。外祖母很喜欢这幅特别的静物画，便欣然买下了它。这位穷学生后来成为萨格勒布美术学院的一名教授。

当我嫁给约万时，奥尔加姨婆将外祖母的这幅静物画转送给了我。我最初想给它换一个崭新的、更现代的画框，但后来放弃了。因为我还是更愿意保留这幅画原有的模样，也就是外祖母刚买回来时的样子：白色的画框里，是手绘的水果。

1942年外祖母被带到奥斯维辛集中营并在那里遇害，这幅静物画是她唯一留下的东西。外祖父则在亚塞诺瓦茨集中营被杀害,这是仅次于奥斯维辛集中营和特雷布林卡集中营的第三大灭绝营。我经常在晚上睡觉前看看这幅画,感觉就像外祖父母仍在这里,和我在一起。

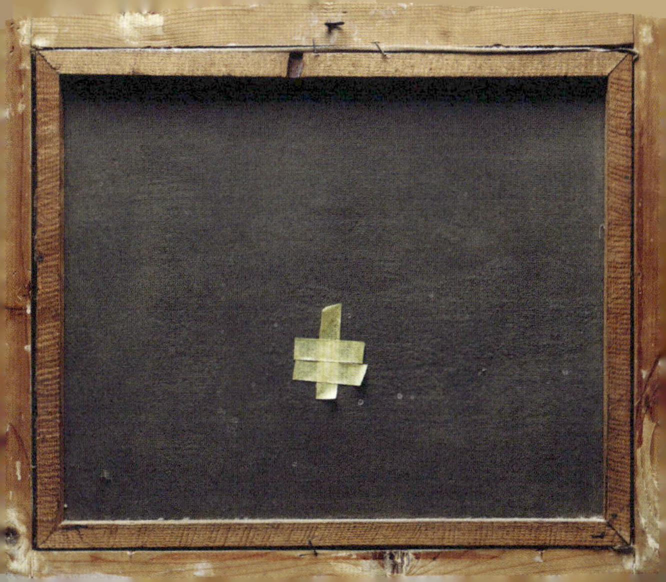

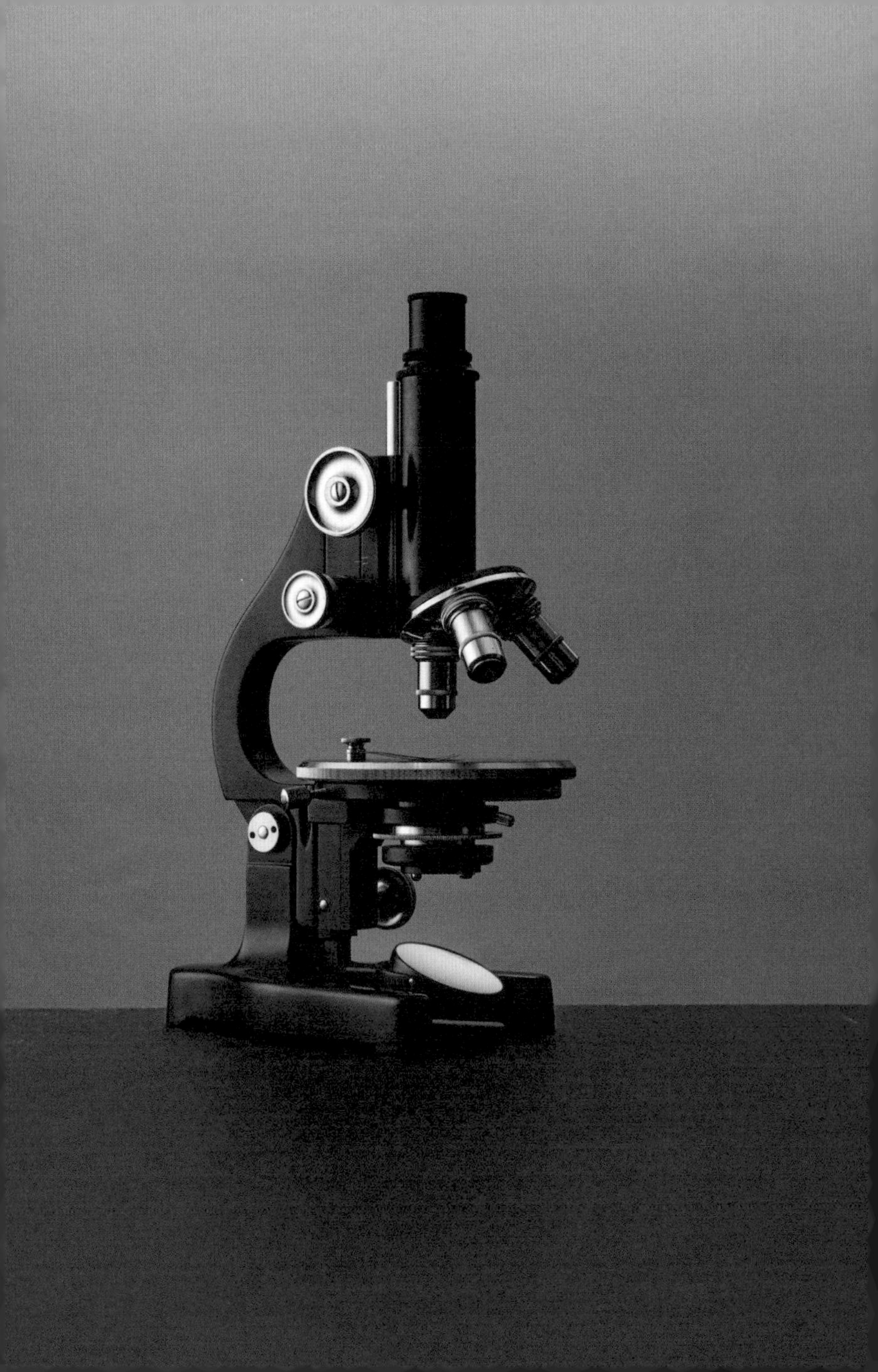

◎
显微镜

「迪娜」

在卡尔洛瓦茨与奥尔加姨婆、欧根姨爷一起度过暑假时，我听说了许多关于我们家族的故事，比如关于奥尔加姨婆的五个兄弟姐妹，尤其是我的外祖母罗扎的故事。奥尔加姨婆告诉我，他们的母亲在清洗鱼时被鱼刺刺伤，后来死于毒血症。她还告诉我，我的外祖父阿诺德和他的家人是在19世纪从德国法兰克福搬到萨格勒布的。

一天，奥尔加姨婆打开卧室里的储物柜，我看到里面有一台显微镜。它看起来很新，光泽闪亮。奥尔加姨婆告诉我，这是她的侄子约泽克·布劳韦斯，也就是我母亲的表弟，1940年中学毕业后开始在萨格勒布学医时，他的父母给他买的。1941年4月，战争蔓延到南斯拉夫，约泽克把显微镜塞进储藏箱，用油布包起来，埋在花园里。不久，约泽克和他的家人被克罗地亚法西斯，即所谓"乌斯塔沙人"带到亚塞诺瓦茨集中营，再也没有回来。战争结束后，奥尔加姨婆和欧根姨爷挖出了显微镜，放进卧室的储物柜里。

那年暑假，我和奥尔加姨婆相处得非常融洽，让我觉得她就是我的外祖母。暑期结束一回到家，我就给她写了一封感谢信，后来我们也一直保持着联络。

1955年夏末，奥尔加姨婆和欧根姨爷来贝尔格莱德看望我们，我恰好刚从罗维尼的夏令营回来。那是一次特地为我们这些在大屠杀中幸存下来的犹太青年组织的夏令营，我兴奋地向他们讲述了蓝色大海旁松树林中的科洛舞舞者、我参与的讲座和学到的犹太歌曲，以及我的新朋友。我偷偷告诉奥尔加姨婆，我在那里遇见了一个英俊的医学生，名字叫约万。我还说我应该没有机会和他在一起，因为他比我大五岁，非常严肃，只和他的同龄人一起玩。奥尔加姨婆只是笑了笑，告诉我说她的丈夫欧根比她大七岁。

1956年12月，我写信给奥尔加姨婆，说约万问我愿不愿意成为他的女朋友。一年多后，当知道约万和我准备结婚时，我幸存的几位亲人都非常高兴。他们明白，我们两个都曾经历了战争的苦难，很适合在一起。后来听说约万在贝尔格莱德从事法医工作，奥尔加姨婆说：

"现在我知道该如何安置约泽克的显微镜了。约万无疑是得到它的最合适人选。"

* * *

「约万」

没有举行任何仪式，我从迪娜的奥尔加姨婆那里得到了约泽克·布劳韦斯最好的莱茨品牌的单目显微镜。但是，在约泽克生活的时代之后，显微镜的配置已逐渐升级，到现在已有双目显微镜和内置照明设备。因此我从未用过这台二十多年前的显微镜，它看起来仍然是全新的，现在就放在我家的书架上。然而它并不只是一个装饰品。由于从事法医工作，我越来越觉得自己好像通过这台显微镜与约泽克建立了某种联系——在大屠杀中，约泽克葬身于万人坑，但我感觉到他希望现在的我能以医生的身份代表他。晚上，无论是在半梦半醒时还是熟睡中，我总能听到约泽克的声音。他告诉我，如果他还活着，他会像我一样工作，诊断疾病和伤势，探寻与研究未知的、难解的病因。

我并不觉得自己比约泽克活得更久，或做了更多的工作。我们两个在子弹、斧头和毒气面前是平等的，在避开它们的机会面前也是平等的。我只是一个侥幸逃脱的人。我有幸拥有这个显微镜，这其实是对我的约束。它提醒我，在工作中必须仔细观察，不能漏掉任何约泽克可能会注意到的东西。

作为一名法医病理学家，我工作了四十年。我的工作

是找出人类疾病、伤害和死亡的原因,显微镜是主要的辅助工具之一。每当我看到书架上约泽克的显微镜,都想对约泽克说:

"约泽克,我尽力了,希望没给你丢脸。"

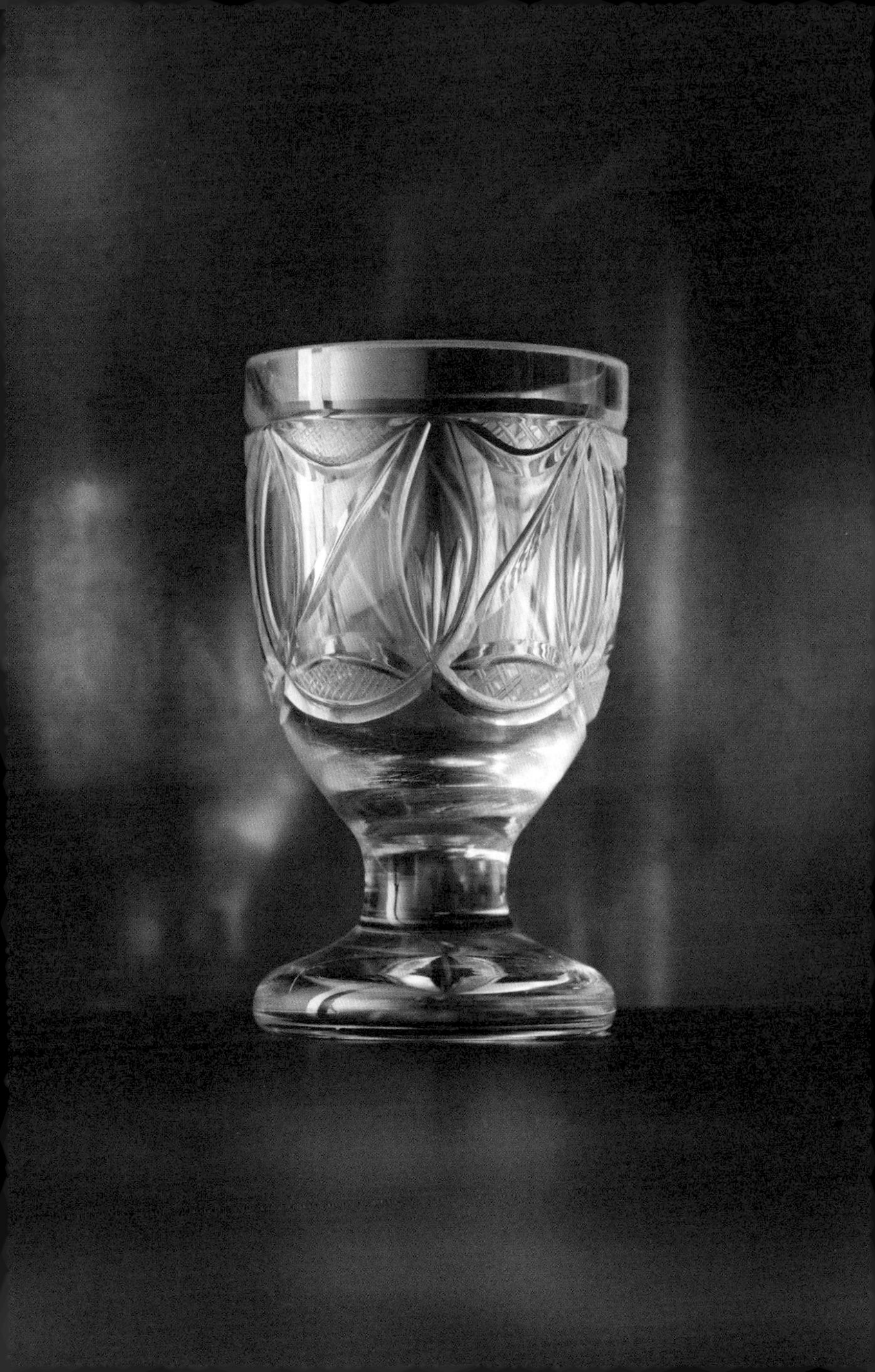

逾越节晚宴的餐桌用品

「迪娜」

我爱我母亲的表妹露易莎姨妈，同时也仰慕她。她是一位博览群书、知识渊博的女性，总是衣着整洁时尚，举止优雅而有活力。她住在萨格勒布。我总觉得和她很亲近——也许是因为她和我一样，在年轻时嫁给了一位犹太医生。但不幸的是，对他们来说，生活进展并不顺利。1941年，他们在抵抗运动中加入了游击队，当时露易莎姨妈只有二十二岁。由于战乱频仍,她丈夫的工作量很大。有一天,她的丈夫经过三天不间断的治疗和手术而极度疲劳,无法再为一名受重伤的军官做手术,那名军官随后死亡,她的丈夫因此被立即处决。尽管如此,露易莎姨妈仍然选择继续战斗,战后也依旧活跃在克罗地亚的文化生活领域。

约万曾问她:

"你怎么能为残忍杀害你丈夫的政权工作?"

"你是知道的,我相信社会主义,我相信革命。但是暴力革命不可避免会吞噬自己的孩子。"

我们搬到瑞典后,和露易莎姨妈仍保持着联络,我们常常通信,时不时打个电话。当她上了年纪后,我们常给她寄送一些药物,因为她患有严重的哮喘。1993年,她来斯德哥尔摩看望我们时说,施赖伯家族的一些传统犹太物品仍存放在维也纳一位奥地利老朋友的家中 —— 他在战争期间保管了这些物品。露易莎姨妈认为,作为施赖伯家族唯一幸存的孩子,我理应接管这些物品。1995年,当约万和我在维也纳与露易莎姨妈会面时,她交给我们一个吉都什酒杯 —— 安息日前夕举行祝福仪式时用的酒杯。她说他们家并不富裕,既没有银酒杯,也没有水晶酒杯,只有这只用厚玻璃切成的酒杯。这显然是纯手工制成的,杯口处有点不平整,而且微微发黄。然后,她递给我一件不寻常的东西,看上去是用银蚀刻技术制成的。我惊奇地看着它,她解释说,这是一只香料塔——一种用来装干香料的容器。

在之后的逾越节晚宴中,吉都什酒杯和香料塔总会出现在我们家的餐桌上。现在,作为一家之主的约万,并不知道如何像他的外祖父在战前那样以传统方式主持仪式,而我对战前家里的逾越节晚宴也完全没有记忆。"为什么这个晚上和其他的晚上不一样呢?"——这是逾越节晚宴上年龄最小的男孩通常会问的问题,由此引出犹太人出埃及的故事。在我们第一次庆祝时,汉娜便提出了这个问题——只不过她是个女孩。根据犹太传统,这是不可行的,但我们是世俗犹太人——不保留犹太教传统习俗,所以并没什么关系。最近几年,一直是孙辈们帮助我们举行这个传统的仪式。他们在斯德哥尔摩的希勒斯科兰犹太小学和格兰斯塔犹太夏令营学到了很多关于犹太节日和传统的知识,比我和约万在战争中的童年时期学到的要多得多。我按照食谱学会了烹饪地道的逾越节晚宴美食，尤其是犹太无酵饼丸子汤。如此，我也为逾越节晚宴做出了贡献。

战后的前些年，我们依旧生活在南斯拉夫，但不再像战前那样庆祝犹太人的节日——这并不奇怪，因为政府在全国范围内禁止了所有宗教。而且，幸存下来的犹太人都一无所有，甚至连家园也已被陌生人占据——我们家也一样。后来，父母想办法买到了一些基本的生活用品，但传统的犹太物品却一直买不到。

多年来，我和约万在瑞典这个新的定居国家通过不断搜寻、接收和购买，终于收集了一些传统的犹太物品。与此同时，我们也有了自己的家庭，于是希望我们祖辈的传统能继续传承下去——即使是以世俗犹太人的方式。这和宗教信仰并没有太大关系，只是为了赋予我们的子孙后代甚至我们自己一种归属感和认同感。

那只旧旧的吉都什酒杯和香料塔总是摆在我们的逾越节晚宴的餐桌上。我们会斟满酒杯，在饭后打开前门，也许先知以利亚今晚会来找我们？

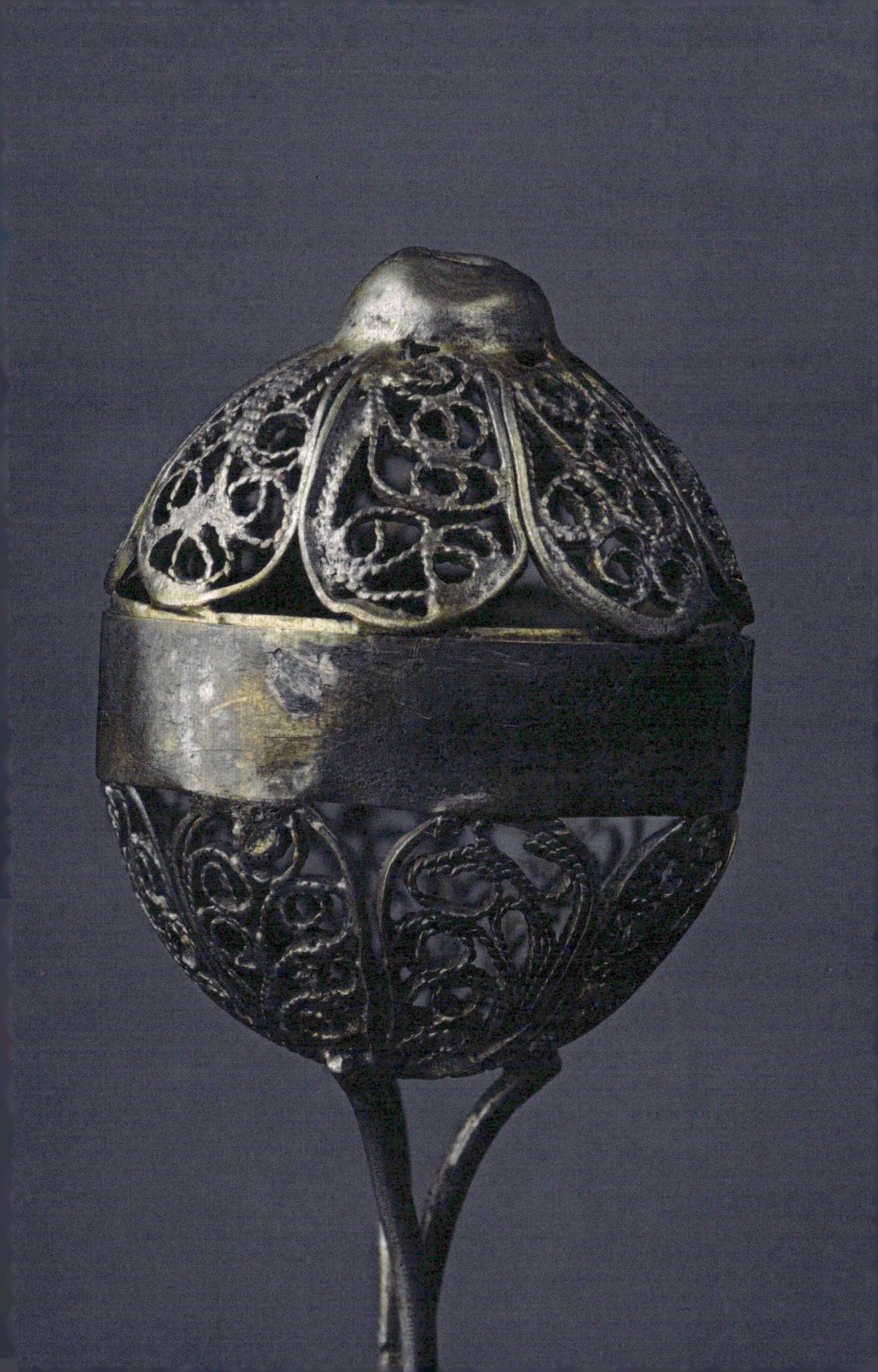

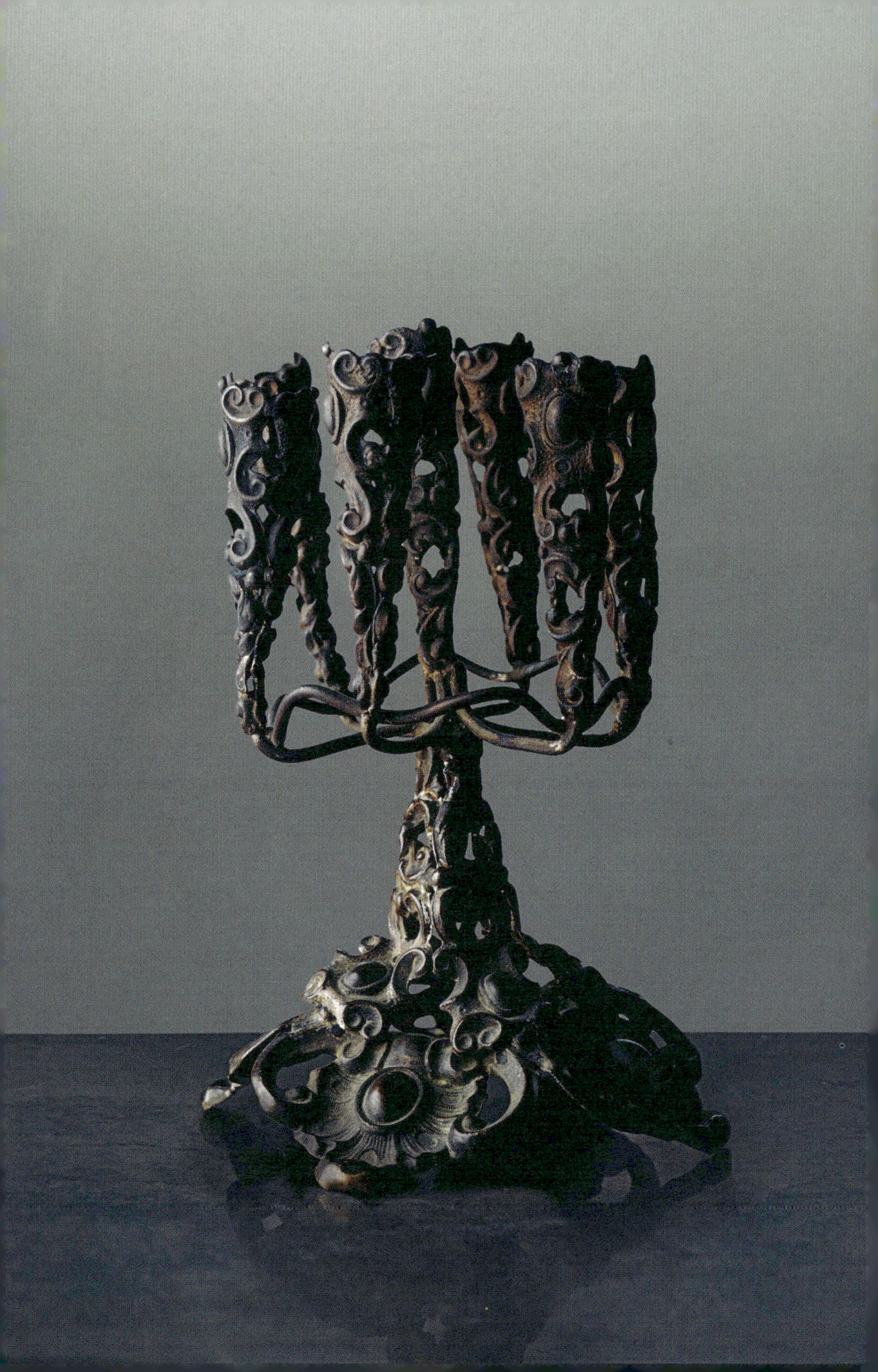

烛台

「迪娜」

除了吉都什酒杯和香料塔,我还从露易莎姨妈那里得到了一组老式的镀银黄铜烛台。历经岁月变迁,烛台表面已经被严重腐蚀,完全变成了黑色。它很小,但样式很不寻常——象征上帝花了七天时间创造世界的七个烛台,并不像传统的烛台那样排成一排,而是其中的六个围成一个圆圈,第七个则在圆圈的中间。这种不寻常的样式可能要追溯到纳粹大屠杀时期,当时犹太人会偷偷地使用非传统外观的犹太物品,以此隐藏自己的身份,从而避免骚扰和性命之忧。

或许这组带有花卉图案的金属烛台只是一件艺术品?而我相信,如果七支蜡烛同时点燃,烛台就会像它实际上象征的那样,成为一朵"燃烧的荆棘"。据《圣经》记载,上帝在燃烧着却未被烧毁的荆棘中显现,召唤摩西:"你要把我的百姓以色列人从埃及领出来。"

当约万和我在沙姆沙伊赫(位于埃及西奈半岛南端的一座城市)度假时,我们决定去攀登西奈山。一辆公共巴士将我们带到西奈山山脚下的圣凯瑟琳修道院,该修道院始建于公元4世纪[1],正位于《圣经·旧约》中提到的"燃烧的荆棘"所在地。一位又瘦又老的修道士告诉我们,那里有一丛不太显眼的荆棘,与三千三百年前摩西出现在那里时的情形相同。在当地一位经验丰富的贝都因人的带领

---

[1] 原文为"公元3世纪",据查,圣凯瑟琳修道院建于公元4世纪。
——编者注

下,我们晚上从那里出发,在世界上最美丽的星空下,开始攀爬西奈山。摩西去取刻有神颁布的《十诫》的石板时,也走了同样的路。他当时大约八十岁,和此刻的约万同龄。凌晨四点,我们终于坐在高高的山顶上,欣赏着地球上最美丽的日出,它呈现出明亮的黄色、红色和栗色等颜色变化。我们带了一块小石头回家,把它放在书架上,不时会想象,在许多年前,谁可能踩到了它……

记得露易莎姨妈曾告诉过我,她送给我的烛台产自19世纪上半叶。我推算了一下,在我和露易莎姨妈之前,我外祖母罗扎的外曾祖母是第一个拥有它的人,而我外祖母是最后一个。当我们把烛台拿给大女儿恩西时,我们注意到她目不转睛地看着它。烛台很小,而且不像她平常看到的其他烛台那样排成一排,这让她很着迷。她盯着这个黑色的、精美的物品说,它让她感受到了我们这个犹太家庭过去的氛围。我把它送给了她,因为她是我外祖母罗扎最年长的曾外孙女,还因为她直到四十三岁才参加了成人礼——犹太女子受诫礼。通常,犹太女孩参加成人礼的年龄是十二岁,而恩西这么大时,我们一家还住在林雪

平 —— 一个没有任何犹太活动的城市。直到2005年,约万和我才带着恩西的第三个孩子汤姆,一起坐在犹太教堂的门厅里,见证了恩西的成人礼。过程中,恩西在拉比的指引下大声诵读着祷告词。十三年后,汤姆也参加了成人礼 —— 犹太男子受诫礼。

恩西把烛台放在她的新家里,供奉和爱护着它。

| КЊИЖАРА | **ХУГО РАЈС** | ПАПИРНИЦА |

Све што ђак треба, најбоље и најјефтиније
је у Ђачкој Књижари Хуго Рајса
Сваки ђак добија лепу рекламу кад пазари
Сви ђаци пазаре у Ђачкој Књижари

| ГЛАВНА УЛИЦА | **ПЕТРОВГРАД** | ГЛАВНА УЛИЦА |

吸墨纸

「约万」

在我的书桌上方、电脑右侧一个醒目的地方，挂着一个白色的小相框。相框里镶嵌着的不是亲人的照片，也不是任何风景画或静物画，而是一张小小的、不起眼的吸墨纸。在20世纪30年代，用钢笔蘸墨水写字时，吸墨纸是必不可少的。在新写的潮湿的页面上放置吸墨纸，可以吸收多余的墨水；等页面干燥后，才可以翻到下一页继续写字。我至今还记得小时候有一次，当一滴墨水碰巧从笔尖上滴下来时，我有多么懊恼——它成了一个我们学校的孩子们称之为"斑点"的东西，老师因此要求我重写整页的内容。当然，随着后来书写技术的不断进步，钢笔、墨水和吸墨纸这套组合逐渐消失了。

1992年，我从斯德哥尔摩飞到贝尔格莱德，准备第二天去参加在彼得罗夫格勒高中校园举行的高中毕业四十周年纪念活动。当晚，我在茹西姨妈家过夜。她独自在贝尔格莱德生活，她的丈夫布拉卡十年前已经去世了。茹西姨妈看上去比以前更消沉了。她那被杀害的父母和四个兄弟姐妹始终徘徊在她的脑海和心里，挥之不去。

第二天早上，我乘坐公共汽车去了七十公里外的彼得罗夫格勒。然后，我从公共汽车站出发，沿着长长的帕西奇街慢慢向我曾经的高中校园走去，沿途穿过粮食市场，经过铁托元帅街——战前被称为亚历山大大帝街。我边走边看，熟悉的气息扑面而来，一切都显得那么平静、祥和。

11点钟，我已坐在老教室的长凳上。回忆并不美好。

上学期间，我不得不跟随家人经常搬家，所以我在这里只待了两年。我的同学们一直对我很好，但毕业后我便与他们失去了联系，先是搬到贝尔格莱德学习和工作，后来又搬到瑞典。

在我的家乡，我感觉自己像个陌生人。在这里，在彼得罗夫格勒，我比在瑞典更怀念我被杀害的家人和这座城市的其他犹太人。彼得罗夫格勒在战前有1278名犹太人，战后只剩下38人。而我是其中年龄最小的一个。

同学聚会结束后，我独自在城市里漫步。我路过了一些破旧的低矮建筑，旁边是新建的灰色的社会主义住宅，五层楼高，但没有阳台。主街道上矗立着一栋有米黄色大理石外墙的建筑物，那是一家银行——它曾经是我父亲的书店。

我恍恍惚惚地走着，渐渐地，我开始看到被杀害的亲人和朋友，听到他们的声音，我向不可见的人们打招呼，向街道对面挥手，吹口哨。行人看着我，就像看着一个生活在自己幻想出的奇异世界里的疯子。我也觉得自己像是一个幽灵。

我们曾经在泽麦·约维努大街上的房子已找不到了。为了缩短流经城市的贝加河,人们挖了一条运河,我们的房子就在运河流域内。

我穿过街道,来到我外祖父母的房子前。房子墙面的涂料颜色已难以辨认。我按响门铃,一位老妇人开了门。我解释说,这里以前是我外祖父母的家,他们已经过世了,我很想念他们,所以想再看看他们以前的花园。她只说了一句"房费已按期支付",便"砰"地一下关上了门。

我又去了贡杜里奇大街,伊尔玛姨婆和她的家人曾住在那里。我真的很想看看她的苹果树是否还在。然而门是锁着的,我去叫门,也没有人回应。

我想,难道这里就没有人认识我的家人吗?就没有人记得曾经发生过的一切吗?当然,就在附近,在保存完好的贝加河环路旁,还住着我的姨父布拉卡最好的朋友博斯科·博戈耶维奇。

房子还在,大门没锁,所以我径直走了进去。博斯科叔叔正坐在花园里,他的妻子达娜正在清理午餐盘子。博斯科叔叔现在已经快九十岁了,但人们都知道他曾经是一名顶级运动员。他的头发几乎和我记忆中的一样浓密和卷曲，但已变得银白，这使他看起来像一头年迈的狮子，然而眼睛依然炯炯有神。

我自报家门，博斯科叔叔和他的妻子达娜立刻表示还记得我，并很快开始愉快地与我交谈。他们仍像我小的时候那样称呼我"小约万"，并且说知道我已经搬到了瑞典。达娜婶婶还为我端上一杯土耳其咖啡。

谈话中，我环视着他们的花园，和我外祖父母家的很像，有果树、小花坛、攀缘花、鸡舍和屋外厕所。

突然，博斯科叔叔开始讲述：

"小约万，你都不知道你父亲书店里到底有多少好东西！里面有各个国家最著名作家的经典著作和当时最新的国际文学作品。让我想一想，有雨果和海明威作品的塞尔维亚语版本！是的，还有多斯·帕索斯（美国小说家）和辛克莱·刘易斯（美国小说家、剧作家）的作品！在书店里，你可以买到地道又新奇的东西，比如'百利金'（德国著名的钢笔品牌）的带金笔尖的钢笔。我和身边的许多人过去常常坐在你爸爸的书店里，就像在图书馆里一样，阅读新出版的书籍，还是免费的！当然还有你母亲，她非常热情善良。"

听到这些话，我很开心。我逐渐回忆起一些往事，一幕幕清晰地在脑海中闪现。过去，我待在书店的时间比在家里的还多。有时我会站在柜台后面，帮助爸爸的学徒包装出售的商品，但大家都嘲笑我的包裹，因为我总是用了过多的纸和胶水。

"小约万，我有样东西要给你。"博斯科叔叔继续说，"一张来自你父亲书店的没用过的吸墨纸——上面还印有广告语呢！"

他让他的妻子达娜去拿《彼得罗夫格勒1938年年鉴》。她很快回来了，手里拿着一本厚厚的蓝皮书。博斯科叔叔小心翼翼地翻开，取出一张学生手册大小的纸片，递给我说：

"读一读上面的文字！你千万不能把它扔了！你必须把它带走，这样它才算是找到了最合适的归宿。"

在吸墨纸上可以看到采用西里尔字母的塞尔维亚语的黑色印刷文本。顶部写着：雨果·拉伊斯书店与纸店；底部写着：彼得罗夫格勒主街。中间文字的意思是：

雨果·拉伊斯书店与纸店的一切学生用品都是最好

和最便宜的。

购买后，每位学生都会收到一份礼物。

所有学生都可以在学生书店购物。

我还记得学校里的孩子们每次得到免费的东西时有多高兴，其中有铅笔、橡皮、唐老鸭的彩色卡通图片或者吸墨纸。

我充满感激，却没有东西回赠给他们，这让我感到有点不安。我们互相拥抱，然后分手，大家的心情都很好。

现在，我父亲的那张广告吸墨纸就挂在我的书桌上方，这让我感觉这个房间就像是他书店的一部分。就这样，一张小小的吸墨纸常常把我带回童年的美好时光，那时候，人们都叫我"小约万"。

1944

Skandinaviska Banken

◎

袖珍日记本

「迪娜」

2016年8月28日,我们——犹太博物馆之友协会的成员,在海辛格街(位于瑞典老城斯德哥尔摩)吃了一顿告别晚餐。博物馆将搬迁到位于摩斯亚拉加德街19号的老犹太教堂。就在前一天的劳尔·瓦伦堡日[1]，这里还举办了特别展览，现在几乎所有的物品都已经打包好了，只有一个展台还保留着。我注意到展台上有一块牌子，上面写着"劳尔·瓦伦堡袖珍日记本"。那是劳尔·瓦伦堡于1944年写下的日记。页面上记录着他将要会见的人的姓名以及会见的日期、时间。看着它，我心想，也许里面还载有我祖父的姓名——内森·韦斯。

1944年秋，那时我六岁，祖父带我去了一趟布达佩斯的法肖斯疗养院。在灰色的医院大楼前的人行道上，我们遇到了一个年轻人，他给了祖父一封信和一小包药品。他们用德语交谈，我能听懂每一个单词，却完全不明白他们在说什么。我们周围都是灌木丛，玫瑰果已成熟，我摘了一些，吮吸着果浆。那人看了我一眼就走了，祖父打开信封，说他只看一眼。当时，我还不知道他脸上流下的是喜悦的泪水——这是我父亲离开家乡三年后的第一封来信。

---

[1] 劳尔·瓦伦堡是瑞典外交家、人道主义者，二战期间曾致力于营救欧洲纳粹占领区的犹太人。

后来，祖父和我又见过那个人一次，我永远不会忘记他带给我的巧克力。在那之前，我从未吃过巧克力，战争期间根本就没有巧克力。

直到20世纪80年代我才知道，我们见到的那个人就是劳尔·瓦伦堡。那时我们住在斯德哥尔摩，有一天去斯特林堡街49号访问我的姑姑埃尔齐。在战争蔓延到南斯拉夫之前，她和家人就来到了瑞典。埃尔齐姑姑的咖啡桌上放着一本伯·安哲（劳尔·瓦伦堡的同事）的回忆录《与劳尔·瓦伦堡一起在布达佩斯》。我盯着封面，那个男人的脸让我觉得很眼熟。

"迪娜，你应该认识他，"埃尔齐姑姑说，"1944年你们在布达佩斯见过面。"

她告诉我，劳尔·瓦伦堡和她的丈夫，也就是我的姑父利奥曾在梅罗帕公司共事，所以她曾在战时利用这层熟人关系给她的父亲——我的祖父送去物资。

我去见了犹太博物馆馆长，问她可否让我翻阅一下劳尔·瓦伦堡的袖珍日记本，她说这里只有复印件，原稿保存在斯德哥尔摩的瑞典军事博物馆。在与馆长安德烈

JULI 1944

Reinhold — SÖNDAG 16.*

½11 J. v. Deak, Rosenthal gör.
½12 Dr Gurka, Rudolf ter 4B

Alexis — MÅNDAG 17

0915 Reken
1400 Stern
1530 v. B ev. till ung.

Fredrik — TISDAG 18

12:30 Rán Magyar-Rosa Sip-u 12
14:15 Ritz Gambrovich
18:15 v. H.
20:00 Magyar-Rosa Gellert

Sara — ONSDAG 19

11:00 Kardy Röd 12 Anglet
12:00 Bükkler
13:00 Kertes
17:45 SS
19:00 Lukach H

SKANDINAVISKA BANKEN

JULI 1944

TORSDAG 20 — Margareta
0915-0930 K. f. Sellert
10:30 Ferenczy, Semmelweis-u 6.
13:45 Avratte tel Hellgren
16:00 Utrikesministeriet
20:00 Petö, Vilmos csaldár
:30 Belany df 15/B. T. e. 1.

FREDAG 21 — Johanna
11:00 Fry Hrvath
11:30 Nathan Weiss hier
14:30 Christensen
20:00 Petö, Vilmos Csongor ut 15 B 5 e

LÖRDAG 22 — Magdalena
10:30 Commerzielbk I-8a Sganozö
11:15 Gegards daft Kelen
20:30 Nako

SKANDINAVISKA BANKEN

SEPTEMBER 1944

Gerhard SÖNDAG 24 ★

Signild MÅNDAG 25
◐
10:00 Mohan

Enar TISDAG 26
12:00 Nathan Weiss
19:00 Bichat

Dagmar ONSDAG 27
11:30 Maria Valeria 17 Billity
14:00 Forgacs, Releti Karoly u 2

SKANDINAVISKA BANKEN

SEPTEMBER 1944

TORSDAG 28 — Lennart

FREDAG 29 — Mikael

11:00 Kabinettsmöte(?)

1900 Pedahi(?)

LÖRDAG 30 — Helge

SKANDINAVISKA BANKEN

亚斯·奥尔松通过电话后,约万和我来到瑞典军事博物馆。馆长很友好,直接把我们带到楼上劳尔·瓦伦堡的展厅。它被装饰得像个书房。展厅旁有一颗大卫之星作为标识——1944年,在布达佩斯的犹太人必须将其佩戴在左侧胸前。

那本袖珍日记本已经从展台上取下,放在一张访客的桌子上。我们在桌边坐下来,我环顾四周,目光落在挂在衣架上的一件米色风衣上。

"我和爷爷第一次见到劳尔时,他穿的是一件黑色短夹克,也许是一件伐木工穿的夹克衫。"我指出。

"那不是劳尔的风衣外套,"馆长笑着说,"它属于米克洛斯·马加斯迪,他曾与劳尔·瓦伦堡合作。米克洛斯·马加斯迪以外套作为信号向劳尔·瓦伦堡要见的人传达秘密信息,这取决于他拿外套的方式。"

馆长戴上一双薄手套,开始翻阅那本小巧易碎的袖珍日记本。他轻柔地翻着,我兴奋地跟着看。

"哦!"我突然惊呼。我的心几乎要跳出来。在翻开的1944年9月26日那一页,用蓝墨水手写着:"12点,内森·韦斯。"我看到馆长和约万也和我一样,都僵住了,睁大眼睛盯着我祖父的名字。我简直不敢相信自己的眼睛，恍惚觉得我深爱的祖父又回到了我的身边。

在我祖父的名字下面写着"19点，比彻，T"。这可能是劳尔那天晚上要会见的人的名字。我觉得这个名字似曾相识，但一时又想不起来，也就没再多想。

"我祖父和我见过劳尔两次，"我指出，"第二次见面他还送了我巧克力，我记得很清楚。"

奥尔松馆长继续浏览，但并没有找到其他有我祖父姓名的页面。他问我在战时是不是劳尔救了我，我说不是，当时救了我们的是母亲和我们的假身份证件，即使在箭十字党的听证会上，这些证件也仍然发挥了作用。但他救了我的祖父母。当时，祖父母被关进一个所谓的"犹太人区"，这是一座戒备森严的黄色房子，门口处标有一颗黄色的大卫之星。那里的无数在饥饿与疾病中幸存下来的犹太人，或者被带到多瑙河河畔执行枪决，或者被送往奥斯维辛集中营用毒气毒死。而我的祖父母幸得劳尔帮助，被秘密转移到瑞典的一处庇护所，才免遭劫难。

我向馆长道谢，然后和约万一起穿过温暖而阳光明媚的斯德哥尔摩回家。一路上，我们一直在谈论这次令人印象深刻的博物馆之行。回到家后,我还没来得及脱鞋,电话就响了。奥尔松馆长气喘吁吁地说,他在袖珍日记本的另一页上发现了我祖父的姓名"内森·韦斯",时间是"7月21日11时30分"。

我非常惊讶。我对六岁时的记忆居然可以保存得这么好?

1944年9月26日,劳尔·瓦伦堡在与我和祖父的第二次会面中给了我一盒色彩鲜艳的巧克力——那是世界上最美味的巧克力果仁糖。

后来,我们在谷歌上搜索到劳尔·瓦伦堡在9月26日19时确实会见了一位"神秘人"比彻。我们又查阅了英格丽德·卡尔伯格(瑞典作家兼记者)关于劳尔·瓦伦堡的书籍,原来库尔特·比彻是那段时间海因里希·希姆莱(二战中纳粹德国党卫军的头目)在布达佩斯的特使。他当时是驻匈牙利党卫军司令部经济部主任,负责监督对犹太人财产的没收。他曾与瓦伦堡进行谈判,用犹太人的生命换取金钱。他们也因此成了朋友。就在劳尔·瓦伦堡第二次见到我祖父和我的同一天晚上7点,他可能和比彻在某个地方共进晚餐,难道那家餐馆的名字以字母"T"开头?

劳尔·瓦伦堡的袖珍日记本让我回忆起我一生中最黑暗的时光,那时我和母亲住在布达佩斯,随时可能被杀害。它还承载着劳尔·瓦伦堡如何将我在犹太人区的祖父母从死亡边缘拯救回来的记忆。对此,我非常感激。

对我来说,这个袖珍日记本也证明了我对六岁时的记忆与现实是相符的。它也让我想到劳尔是多么的善良和有爱心:在遇见一个犹太小女孩两个月后,他仍然记着她,还让她品尝到了世界上最美味的巧克力。

如今,这个袖珍日记本仍然躺在瑞典军事博物馆的展台上,这真的很棒。相信通过它,每个人都会看到曾有一个勇敢的人,在黑暗时期挺身而出,拯救了数以万计的犹太人。

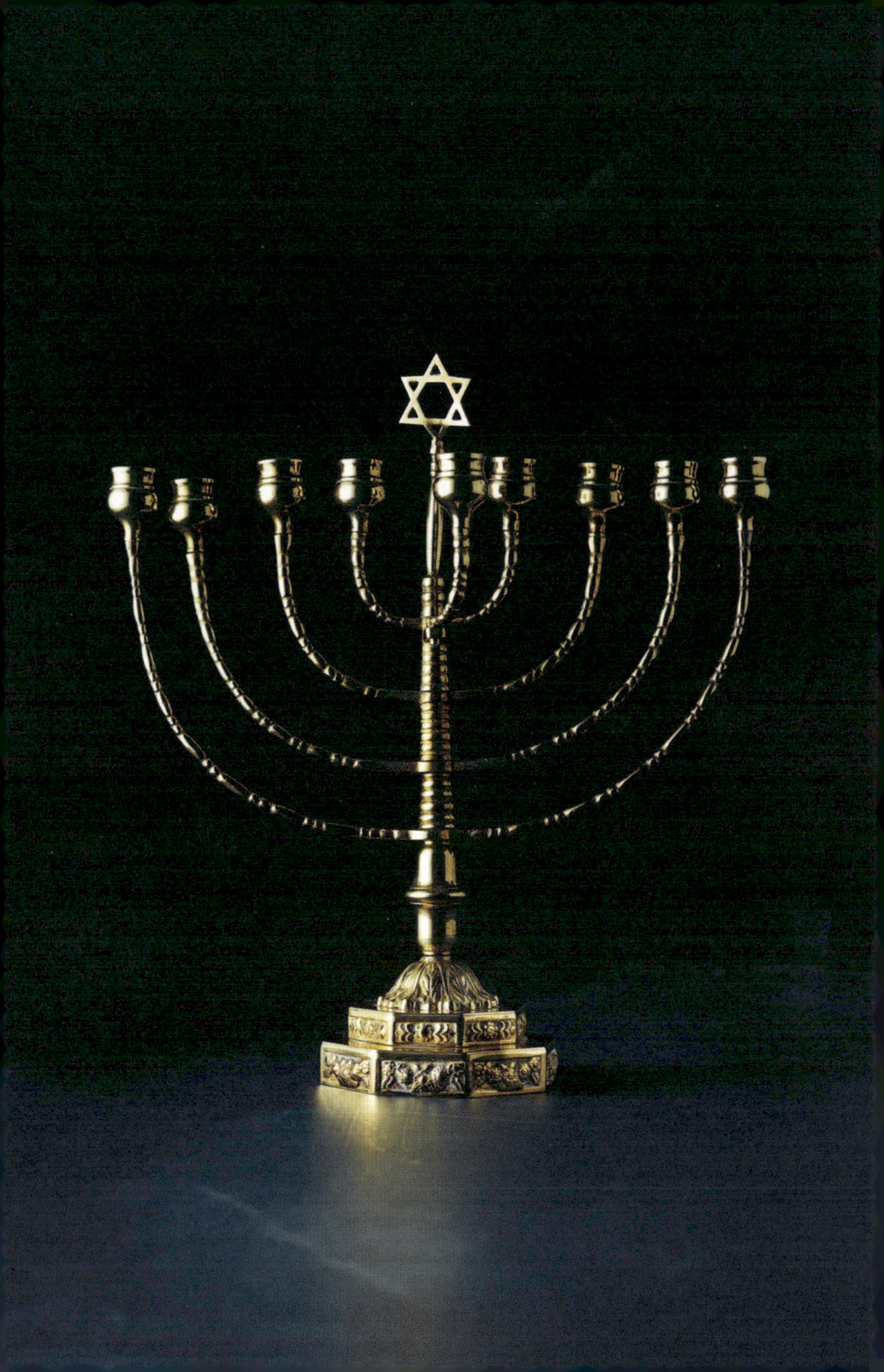

后记

「迪娜和约万」

在这本书中,我们由一些承载和唤起我们记忆的物品切入,叙述了对战前温馨的家庭生活、对逝去的亲人以及对大屠杀期间最艰难时期的回忆。

当第二次世界大战蔓延到南斯拉夫时,我们被迫离开家园。这些物品,有些是我们离开时随身携带的,有些是我们战后回家才找到的,有些是事先被我们藏起来的,有些是我们后来从亲戚和熟人那里得到的——它们被保管在了安全的地方。有些物品一开始并不属于我们，但它们同样承载着我们的记忆。

不过，我们一直缺少一些在犹太家庭常见的传统物品。幸运的是，2017年，我们碰巧得到了一个光明节烛台——烛台有九个分支，上面的蜡烛会在每年12月的光明节点燃。它现在矗立在我们的客厅里，被我们供奉在一张白色桌子中间的光亮之处。在光明节的八天里，我们会先点燃九烛台上的辅助蜡烛，再用它点燃其他八支蜡烛中的一支，然后每天递增一支，直到最后一天四十四支蜡烛全部点完。

这个光明节烛台与我们家的缘分，可能早在2010年7月就开始了。每逢我们家有人过生日，我们都会去旅行庆祝，这次的目的地是柏林。在一个时间充裕的周末，我们参观了勃兰登堡门、波茨坦广场、萨尔瓦多·达利博物馆和柏林新国家美术馆。我们还看到了无数巨大的水泥块——那是欧洲被害犹太人纪念碑。

一天，我们乘坐当地火车和巴士前往著名的万湖郊区，去参观万湖会议别墅。1942年1月20日，纳粹德国官员曾在这里举行会议，讨论"犹太人问题的最终解决方案"，确定了犹太人大屠杀计划。事实上，这次访问也是我们整个行程的主要目的。

万湖会议别墅现在是世界上最重要的大屠杀研究和教育中心之一。在那里我们会见了档案处主任加比·穆勒·奥里希斯，他后来还邀请我们去那里做学术演讲。

2011年1月20日，万湖会议周年纪念日，在六十九年前纳粹分子密谋犹太人大屠杀计划的同一个大厅，我们进行了演讲。宽敞的大厅里挤满了听众，还有许多历史学家和记者通过屏幕和麦克风收听了我们的讲座。

在纳粹曾经举办会议的同一个大厅里演讲，这着实是一次震撼的经历，我们甚至感到一种绝对的胜利感——只是这种胜利感因无尽蔓延的悲伤情绪和资料匮乏的苍白诉说而迅速消退。难道是因为今天的我们和六十九年前的莱因哈德·海德里希（纳粹万湖会议的发起人和主持者）或阿道夫·艾希曼（会议记录人）坐了同一把椅子？他们的照片还挂在墙上，艾希曼阴冷的眼神让我们不寒而栗。

后来，我们的两本书被翻译成德语，据此还催生了名为"迪娜和约万的故事"的戏剧表演。戏剧展现了我们在大屠杀期间的童年经历以及之后的生活。两个德国演员扮演我们年轻时的角色,我和约万扮演自己年老时的角色。我们还在万湖会议纪念馆和斯德哥尔摩林荫大道剧院表演了它的瑞典语版本。

一天,我们收到一个邀请,要在2017年1月27日大屠杀纪念日那天在基青根(德国巴伐利亚州的一个市镇)表演我们的节目。我们了解到,在1933年基青根的11000名居民中,有360多名犹太人。他们曾引领了该地区的葡萄栽培,并一直活跃在葡萄酒销售行业,给这个城市带来了良好的声誉并推动了其经济发展。当时每个人都非常看好这座城市里德国人和犹太人之间的关系。但是纳粹在1933年掌权后,立即采取极端措施对该地区的犹太人展开了大屠杀,当地的德国居民也迫不得已参加了附近森林里的处决行动。1942年,未能逃脱的犹太人被送往拉脱维亚的射击场以及索比堡灭绝营和奥斯维辛集中营的毒气室。无一生还。

这里原来有两座犹太教堂。在1938年的"水晶之夜"[1]，一座被拆除，另一座新犹太教堂被部分烧毁——后来经过翻修，改建为文化馆。文化馆看起来仍像一座犹太教堂，只是没有大卫之星。我们的演出就在这里进行。

在文化馆排练结束后，我们漫步在基青根，这是一个田园诗般的、保存完好的古旧小镇。透过一家商店的橱窗，我们看到一些旧的黄铜物品——一个枝状大烛台、碗、杯子、手链等。最让我们激动的，是那颗大卫之星，以及那隐约可见的烛台。

"光明节九烛台！"我们俩同时惊呼。

我们走进商店，请店员拿出烛台。烛台已经失去原有的光泽，也没有清理干净，上面还有旧蜡的残留物。我们问起它的来历，店员一开始只说它可能是犹太人的。在我们锲而不舍的追问下，他才告诉我们，烛台是一位老人送来的，战争期间他的父母曾住在一座废弃的房子里，并在那里生下了他——烛台也是在那里找到的。店员并不清楚战前是谁住在那所房子里，他们叫什么名字，发生过什

---

[1] 1938年11月9日至10日凌晨，纳粹党员与党卫队袭击德国全境的犹太人的事件，这被认为是对犹太人有组织的屠杀的开始。

么事。"战乱时期，这种事太多了。"他最后耸耸肩说。

我们毫不犹豫地买下了烛台，没有讨价还价。目前只能得出这样的结论：这个烛台属于一个犹太家庭，他们曾与该市的犹太人一起被带到射击场和灭绝营；现在它来到了另一个犹太家庭。

我们在书里讲述的大多数物品都值不了多少钱，但它们对我们来说却是无价之宝。如果没有它们，我们就不可能成为今天的我们。如果没有它们，我们可能没有能力作为建筑师和法医病理学家工作四十年，甚至退休后还能写书；我们可能也没有勇气去学校、图书馆、教堂和社区中心讲述我们在二战期间的童年生活，分享关于大屠杀的经历——在当今全球剧变和全球移民的大时代，这些经历正变得越来越重要。如果我们不这样做，那些受害者的经历和记忆就会被永远遗忘。因此，对于这些承载着我们的记忆，塑造了我们的个性，并给了我们写这本书的动力的物品，我们永远心存感激。

致谢

首先,我们要感谢我们的出版商马丁·兰斯加特。您认为我们的书以一种全新而独特的视角和写作手法,讲述了关于大屠杀的一些故事,谢谢您的鼓励和宝贵的帮助。

我们要感谢首席拉比莫顿·纳罗威对本书中关于犹太物品和传统习俗的表述提供的帮助。谢谢,我们敬爱的拉比!

同时,衷心感谢本书的责编艾玛·邦尼尔,感谢你的鼓励和耐心的编辑以及良好的协作。

我们要向瑞典军事博物馆馆长安德烈亚斯·奥尔松表示衷心的感谢。感谢您在瓦伦堡家族的授权下，帮助我们获得了翻阅和拍摄劳尔·瓦伦堡1944年的袖珍日记本的机会，并允许我们在本书中展示了部分页面。

感谢匈牙利佐洛埃格塞格市的艾迪娜和费迪南德·吉尔菲，谢谢你们提醒我们注意，内尼阿姨丝绸桌布上的图案是典型的匈牙利马提奥刺绣——该类型刺绣已于2012年被列入联合国教科文组织《人类非物质文化遗产代表作名录》。

感谢摄影师罗兰·佩尔森及您的摄影助理埃里克·奥涅洛为我们的各类物品拍摄艺术照片，也感谢哈坎·利耶默克尔完美的修图工作。

参考文献

Jovan Rajs och Kristina Hjertén. *Ombud för de tystade*. Norstedts, 2001.

Jovan Rajs. *Fallet Osmo Vallo*. Norstedts, 2003.

Jovan Rajs. *Nordens farligaste kvinna*. Norstedts, 2007.

Dina Rajs. *En reva hade nätet-och där slank jag ut*. Megilla-Förlaget, 2009.

Jovan Rajs. *Har du träffat Hitler?*. Norstedts, 2009.

Jovan Rajs. *Emeritus*. Vulkan, 2015.

Dina Rajs, Jovan Rajs. "*Att återvända till livet.*"Natur & Kultur, 2018.

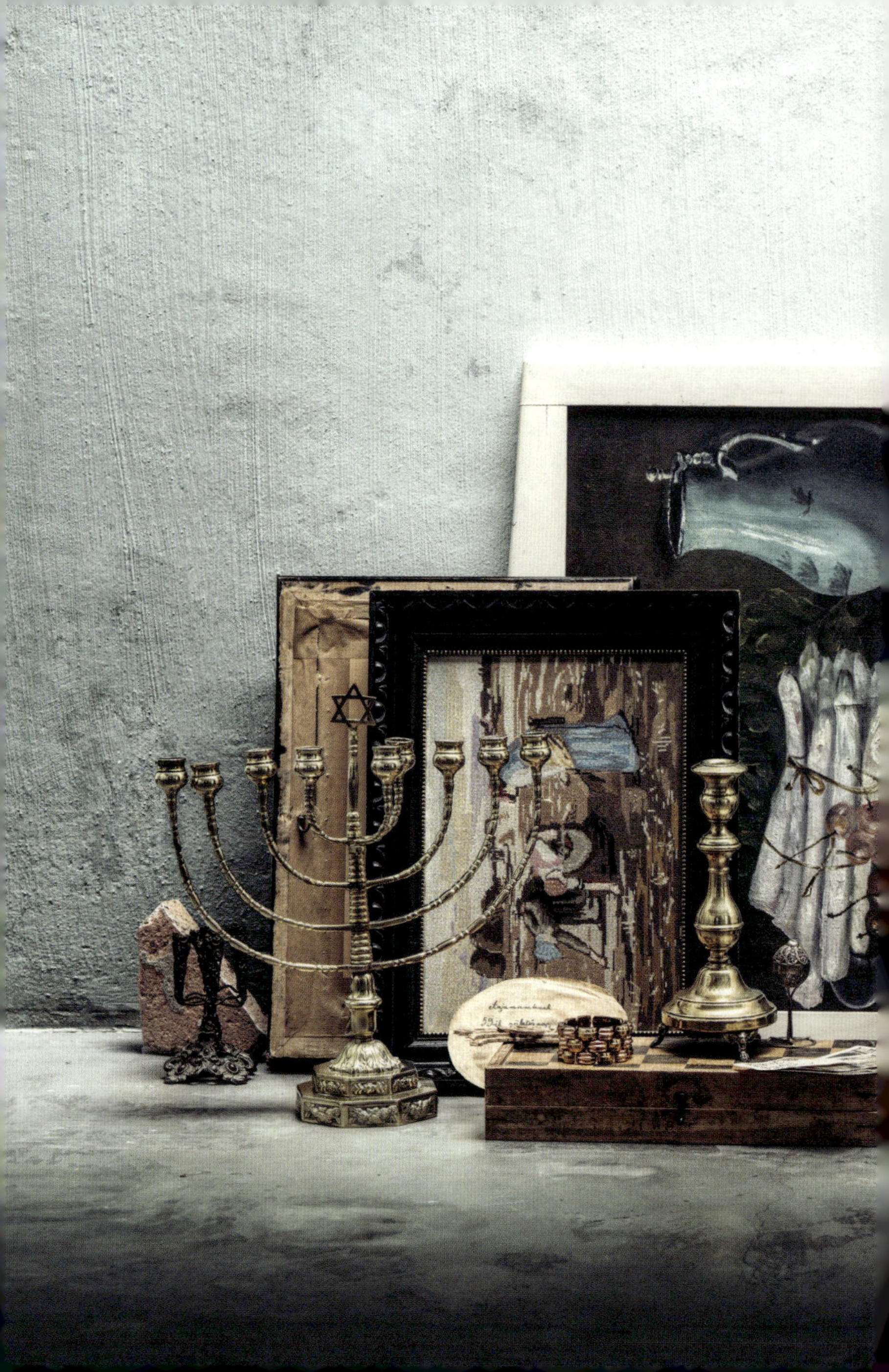

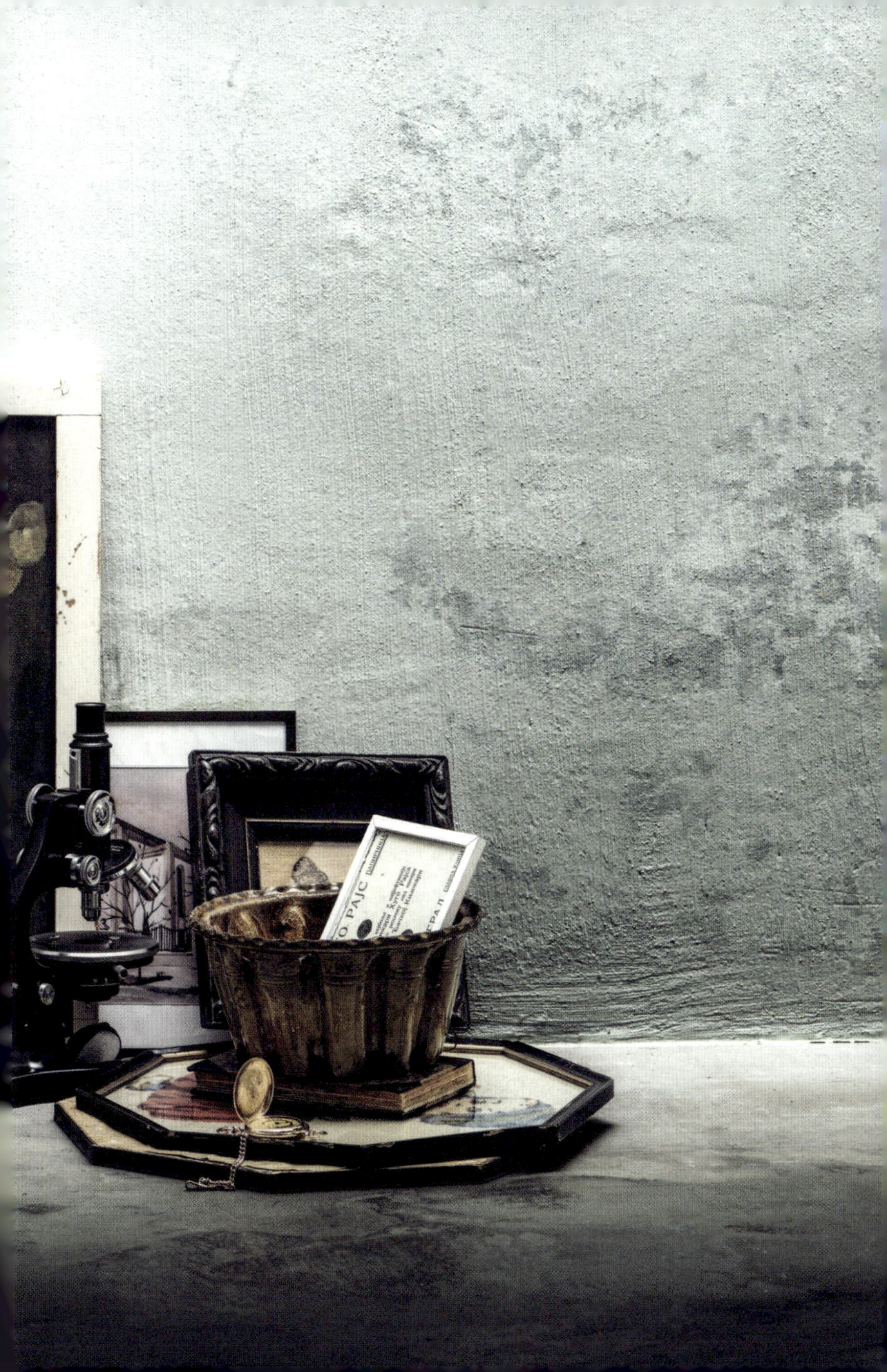

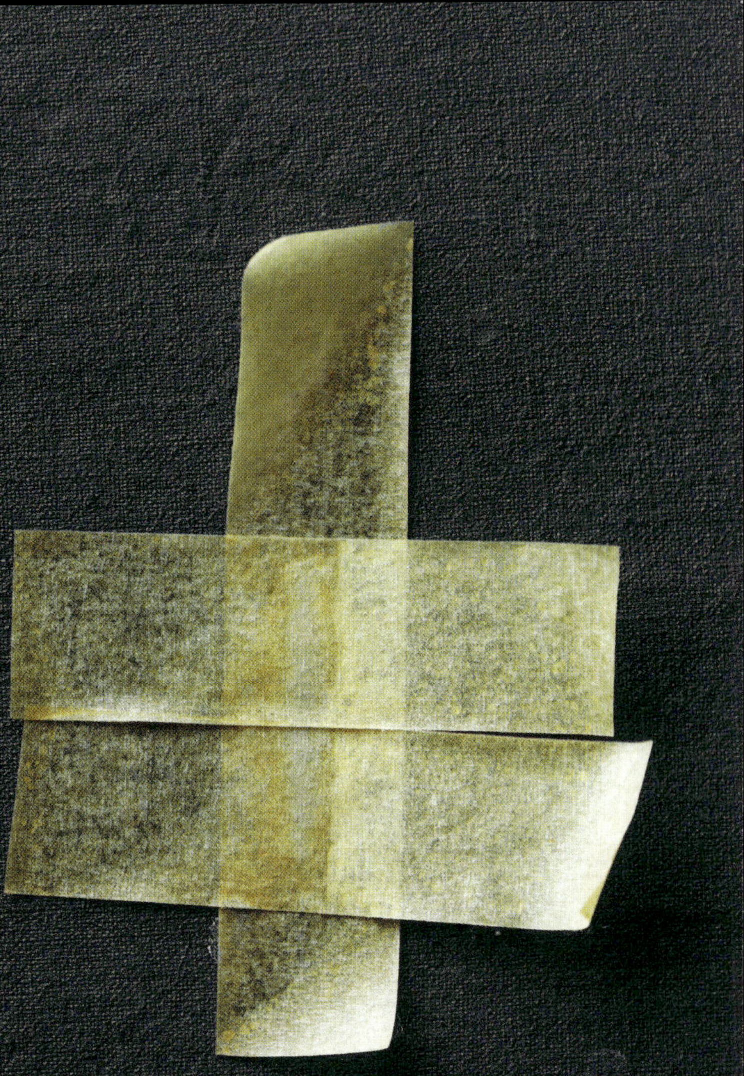